KEITAI
SHOUSETSU
BUNKO
野いちご SINCE 2009

JN031997

孤高の極悪総長さまは、
彼女を愛しすぎている
【極上男子だらけの溺愛祭!】

柊乃なや

◎STARTS
スターツ出版株式会社

この学校には2大派閥が存在する。
トップに君臨するふたりの男は
絶世のイケメンとされるほど顔がよく
おまけに大財閥のご令息なのだとか。
当然、仲はサイアク、混ぜるな危険。

ところが、冷戦状態が続いていた春の日
ふたりの総長が同じクラスになるという
とんでもない出来事が発生し……。

「まあいっか。敵のお姫サマがどんな女か、
前から興味あったし」

不敵に笑う瞳の先には
巻き込まれた、ひとりの女子生徒

絶対に交わらないはずだった男女
この出会い、吉と出るか凶と出るか。

「このネクタイ、なにに使うか知りたい？」

気高き総長さまたちは
彼女を愛しすぎている。

孤高の彼女を極悪総長さまは愛しすぎている

Kokou no Kanojo wo Gokuaku souchou-sama ha aishisugiteiru

登場人物

加藤 杏実
（かとう あみ）

元気が取り柄の高2フツー女子。困っているところを何度も墨に助けられ、惹かれていく。雪の彼女という噂があるけれど、本当はただの友達。

本領 墨
（ほんりょう すみ）

極悪と噂される暴走族 "Luna" の総長。飄々としていてつかみどころがないので、周囲から恐れられているけど、杏実だけには甘々。

信頼の厚い暴走族 "Sol" の総長。外面がよくふだんはにこにこしているけれど、本当は人間不信。杏実のことを溺愛している。

天沢 雪（あまさわ ゆき）

暴走族 "Sol" の幹部で、雪の付き人。人前では無口で無表情だが、本当は優しくて明るい性格。

中城 真尋（なかじょう まひろ）

敷島 遥人（しきしま はると）

暴走族 "Luna" の副総長。仲間思いでやんちゃだが、お菓子作りが得意という意外な一面も。

contents

序 章	10
猫もびっくりの甘えたがり	22
猫もびっくりの気まぐれさ	41
本領家・次男の切情	61
無派閥の彼女	68
天沢家・長男の激情	80
夕焼けに染まる心	86
冷たい水	90
温かい手	98
試される理性	115
荒れ狂う本能	134

凍りついた愛　　　　　157

甘く堕ちる恋　　　　　182

太陽に逆らう影　　　　198

月に隠れた秘密　　　　219

雪と墨　　　　　　　　236

終章　　　　　　　　　253

番外編

1　太陽と月に愛された女　254

2　甘い夜に名前を呼んで　267

3　天沢家・長男の独白　　290

4　1回だけだよ？　　　　297

あとがき　　　　　　　302

カバーイラスト／桜イオン

孤高の極悪総長さまは、彼女を愛しすぎている
【極上男子だらけの溺愛祭！】

序　章

「うわあ、派手にやってんね」

　非常にまずい。

　道路に倒れているわたし、に、後ろからやってきた人の影が重なった。

　……誰にも見られてないと思ったのに。

「痛い？　へーき？　立てる？」

　言葉こそ親切ではあるものの、端々に笑い声が含まれていて、体がかああっと熱くなる。

　この人、心配というよりおもしろがってないっ？

　遅刻しそう！って急いでたら足がもつれて顔面からいっちゃったかわいそうな女子高生を、笑いに来たんじゃ!?

　なあんて思ってたら手のひらが伸びてきた。

　掴め、と。

「うぁ、すみません、ありがとうございま……」

　反射的に手を取ったら目が合って……。

　直後──バクン。

　心臓が止まりそうになる。

「いーえ、どういたしま……」

　わたしの瞳に映った彼の動きも、ぴたりと止まってしまった。

　お互い、目を丸くして見つめ合う。

　1秒、2秒、3秒。

　少女漫画かなにかで、人は見つめ合って３秒で恋に落ちるみたいな話を読んだことがあるけど。

　今の状況は、そんなロマンティックな雰囲気からはかけ離れていて……。

　むしろ、真逆、真逆、真逆。

「わお、敵方のお姫様じゃないですか」

　声のトーンが急に落ちた。

　つー……っと、冷たい汗が背中を伝っていく。

　妖しく細められた瞳にぞくり。

　一瞬で血の気が引いて、目の前が暗くなって、世界の終末でも見たかのような感覚。

　そう、決して、大げさじゃなく。

　わたしを見おろす彼は、この街で大悪党として知られている有名人。

　その名も、本領墨くん。17歳。

　街一帯を裏で仕切る本領グループの次男なんだとか。

　普通に学校生活を送っていても本領くんの話はよく耳にするせいで、誕生日まで知ってる。４月２日。

　今日は高校２年生の新学期。

　５日前まで16歳だったとは到底思えない。

　整いすぎた容姿のせいだけじゃない。余裕たっぷりなのに一分の隙もなくて。

　シワひとつない制服にぴかぴかの革靴、耳元で揺れるピアスは綺麗な彼をさらに優美に仕立てあげている。

　うう、完成されすぎてる……。

　高貴なオーラに圧されて息が詰まりそう。
「すみませんでした……ひとりで立てます」
　一度は取った手を、おそるおそる離そうとした。
　彼の噂（うわさ）なんて、口にするだけでもおぞましいものばかり。
　……関わらないのが "吉" だと判断して。
　そ、れ、な、の、に！
「へー。俺の厚意（こうい）を無下（むげ）にするんだ？」
「えっ……む、げに……？」
「する、の？」
「もちろんしません」
　操られるようにして言葉が出た。
　考えるより先に『従え！』と本能が言ったから。
「そう、それが正解」
　にこ、と不意に笑いかけられて心臓が大きく動いた。
　恐怖のあまり、本領くんがなにをするのに対しても大げさに反応してしまうみたい。
「かとーあみちゃん」
「っわ！」
　腕を引っ張りあげられて体が宙に浮いたかと思えば、ストッと着地させられる。
「どうも、ありがとうございます。……ええと、どーしてわたしの名前をご存じで……？」
「知らないわけなくない？　敵対派閥、"天沢雪（あまさわゆき）の彼女"。ずっと前から目つけてたよ」
　今度こそ世界の終末だと思った。

かとーあみちゃん。

加藤杏実。
<small>か とう あ み</small>

残酷なことに、間違いなくわたしの名前だ。

敵対派閥。

天沢雪の彼女。

ずっと前から目つけてたよ。

文字にしてみたら特になんてことないセリフ。

いや、ちょっとは怖いかもだけど。

"本領墨" が口にするだけで、こうも震撼させられるも
のなのか……。

「うお、あぶな」

　目眩がして倒れかけたのを、本領くんが抱きとめてくれ
た。
<small>め まい</small>

　だめだ、また心臓が暴れて……。

「倒れるのが趣味なの？　それとも貧血？」

　前者なわけはないし、後者も的外れだよ。

　だけど本人様に向かって『あなたが怖いからです！』と
は言えないよ、さすがに。

　そして、言わなきゃいけないことも、この人の前では喉
に張りついたみたいに出てこない。

"わたし本当は、天沢雪くんの彼女ではありません。"

　……言えないのは、相手が本領くんだからってだけじゃ
ない。

　"天沢雪くん" に、そうするよう "しつけ" られている
から。

「そ……うです、最近貧血気味でふらふらしちゃって、あっ、だからさっき転んだのもそのせいで」

　ごめなさい嘘です。

　貧血なんて生まれてこのかた、なったことないです。

　転んだのは遅刻しそうで注意力散漫になってて。

　前しか見ないまま加速しようとしたら、勢い余って足がもつれてそのまま……。

「わっ、そうだ！　わたし遅刻しそうだったんだ……！」

　とっさにスマホで時間を確認する。

　ホームルームまであと10分弱しかない……。

　友達からも、雪くんからも、まだ着かないの？って連絡がたくさんきてるけど返してる暇もない。

　新学期から遅刻するわけには……。

　ていうかクラス替えもまだ見てないのに！

「助けてくださってほんとにありがとうございました、それじゃあ……えと、失礼します」

「失礼しますっていうか、俺も行くんだけどね学校」

「あ……そっか」

「一緒に行く？」

「っや、ご遠慮しますお先にどうぞ……というかそっちも嫌ですよね？　その……敵対派閥の人間と関わるのとか」

「でもこのままだと、かとーあみちゃん遅刻するよ」

「うっ、それはそうだけど」

　ていうかどっちにしろ本領くんも遅刻では？

　……と思いきや。

「俺はバイクだから遅刻しないけど」

　ほれ、と指をさされた方を向けば、黒光りするエンジンつき二輪車が。

「貧血で急ぐの危ないね、乗ってもいいよ」

「え、」

　いいんですか？　と、思わず続けそうになった。

　だけど踏みとどまる。

　相手は本領墨くん。

　極悪人の血が流れてるって噂……。

　噂を鵜呑みになんてもちろんしないけど、本当だった場合を仮定して。

　そんな人が親切なことするわけない。

　ましてや、わたしを敵の彼女だと思ってるなら、なおさらありえない。

　なにか裏があるのかもしれない。

　今はなくても、あとから恩を着せて、都合のいいように支配されたりとか……。

「返事遅い。乗れ」

「ひゃ……」

　強引に引っ張られる。

　それこそまた転んじゃいそうな勢いでバイクのそばまで連れていかれた。

「天沢のには乗り慣れてるでしょ、勝手はわかるね」

「は……い」

　これは嘘じゃない。

　雪くんのバイクの後ろに乗せてもらったことが何度かある。

　一緒にいるのは怖いけど、厚意に逆らってもなにをされるかわからない。

　気に障らないよう相手の言うとおりに動くが吉。

　……これは、今まで雪くんと過ごしてきた中で学んだ大事なこと。

　歯向かったら、絶対あとでひどい仕打ちが待ってるんだ。

　頭をよぎった嫌な記憶を、急いで振り払う。

　本領くんが座ってバイクが安定したのを確認して。

「ちょっと、肩借りますね……」

　一瞬だけ掴ませてもらってから、ひょいっとシートをまたいだ。

「おお、さすが」

　にこ、と。

　また不意打ちの笑顔が向けられる。

　もう大丈夫だと思ってたのに、心臓はやっぱり大げさに反応してしまった。

　バクン、バクン。

　こんなに激しく鳴ってるのって、小学生の頃、劇の発表会本番で、セリフが飛んでしまったとき以来かもしれない。

　全身が心臓になったみたいに、自分の鼓動しか聞こえないの。

　静まる気配もまるでなくて、もはや壊れちゃったんじゃないかって不安になってくる。

　劇の発表会のときは、血が下の方にさああああっと冷たく流れていく感覚だった。

　でも今は、血が滾（たぎ）ったみたいにぐわぐわ……と全身が熱くなっていく感じ。

　こんなの初めてかもしれない。

　どうなってるの……？

　走ってたせいで乱れた呼吸は、とっくに整ってもおかしくないのに、バイクが走りだしたあとも、酸素が足りないような息苦しさがずっと残っていた。

　──街を支配する２大財閥。

　天沢グループ、本領グループ。

　うちの学校でもそれがそのまま派閥となり、２大勢力として存在している。

　ふたつの派閥は、学校では『Sol（ソル）』と『Luna（ルナ）』と呼ばれていて、ラテン語で『太陽』と『月』を意味するんだとか。

　もともとは生徒の誰かが勝手に呼び始めた呼称らしいけど、今ではすっかり定着している。

　対照的なふたつの勢力。

　いわゆる生徒会、的な……表の権力を担うのが天沢雪くん率いる『Sol』。

　Solの保守性を揺るがす、裏の権力を担うのが本領墨くん率いる『Luna』。

　わりと互いの本質を突いた名前だとわたしも思う。

　イメージとして、Solが善良で、Lunaが極悪という感じ

ではあるけど。各派閥の支持率は、五分五分といったところ。

　支持率とはいえども、やってることは二の次、みたいなところも実はある。

　……なんせふたりとも、絶世のイケメンとされるほど顔がいい、から。

　女の子たちからしてみれば、「SolとLunaどっち派か？」なんて、「どっちの見た目がタイプか？」とほぼ同義だと思う。

＊　＊　＊

「見られたら立場が危ういだろーし、裏門で降りな」

　まあ俺は気にしないけどね、なんて言いながら、本領くんはひらりと手を振った。

「お気遣いどうも……」

　立場が危うい。

　……本当にそう、だ。

　ワンテンポ遅れて、ぞくっと寒気がした。

　遅刻しそうだったし、しかも相手が本領くんだったから、考える余裕なく勢いで送ってもらっちゃったけど。

　もし、雪くんに知られたら……。

『今度言いつけ守れなかったら、どうなるかわかるな？……杏実』

　思い出して、体が小さく震えた。

「どうした？　顔色悪いね」

「う……、いや、本当にわたし考えナシだったかもって。今さらなんだけどね、もし雪くんにバレたら──」

　──怒られるくらいじゃ済まないし。

　……なんて。

　うっかりこぼしそうになって、はっと思いとどまる。

　これは誰にも言っちゃだめなこと。

　ましてや敵組織の総長に、なんて、とんでもない。

　派閥とか敵とか。そういう区切りをつくるのは馬鹿げてると思うけど、わたしのその価値観だけで解決できるような、ぬるい問題じゃないんだもん。

　それに、"天下の大悪党・本領家の次男"。

　噂が本当だとしたら本領くんは、雪くん以上の危険人物ってことになる。

　これからは警戒に警戒を重ねなくちゃ……！

　……と、意志を固めた矢先に。

「そう？　もし、また倒れそうになったら言いなよ。俺が助けてあげる」

「え……」

　びっくりするくらい優しい響きだった。

　警戒心なんてするりと解けてしまいそうになるくらい。

「なあんて、冗談。かとーあみちゃんもわかってるでしょ。俺たちは絶対に交わっちゃいけない者同士。……だよね？」

　たしかな圧を感じた。

　無理やりにでもわからせるチカラ。

　考える前に頷いちゃう。

　転んだところを助けてくれたことも、"ぜんぶ忘れろ"
と言われた気がした。

「じゃあね、"天沢雪クンの彼女"さん。もう二度と関わる
ことはないだろうけど」

　そう……これが最後。

　今朝のことはもう、なかったことにしよう。

　だから、心臓がおかしいのも、気のせい。

　本当は優しい人なのかも……とか、考えちゃだめだ。

　二度と関わることはない、関わっちゃいけない人だから。

猫もびっくりの甘えたがり

　それは、本領くんの姿を見送ったあと。

　２年生の教室まで急ごうと身を 翻 しかけたときだった。

「加藤様」

「ひっ!?」

　真後ろから声がして振り向けば、至近距離に人が立っていて。

　勢いよくぶつかりかけたのをスレスレで避けて、はあ、と息を吐く。

「いつも気配なさすぎだよ、びっくりする！　心臓に悪いよ……！」

　なんて文句を言ってみても、相手は表情ひとつ変えずじっとわたしを見つめるばかり。

　仕方ない、これはいつものこと。

　わたしが心の中で勝手に "能面くん" と呼んでいるこの人は、雪くんの側近、中城 真尋くん。

　同級生。

　側近だなんてどこぞの貴族？って感じだけど、同じ学校にこうして実在するんだからすごいなあと思う。

　そして。

「先ほど、男のバイクから降りてこられたように見えましたが」

　時々こうやって、抑揚のない声で爆弾を落としてくるか

ら──とても困る。

　中城真尋くん。

　天沢グループお抱えのエリート執事だったかSPだったか……の、息子。

　雪くんの側近、且（か）つ、わたしの"監視役"でもある。

「えっと……えっと見間違いだと思う～。わたし普通に徒歩で裏門から入ってきた！」

「いいえ」

　たった一言の返事にも負けてしまう。

　能面・中城くんの目は欺（あざむ）けないと、嫌ってくらい知ってるから。

　この人はすごい。

　なにがすごいかって、雪くんの言うことしか聞かないところ。

　とにかく無口で自分の任務に必要のないことは一切喋（しゃべ）らないし、雪くん以外の誰かと会話してるのを見たことがない。

　例外としてわたしがいるわけだけど、わたしと話すのは雪くんからの伝言を預かっているときか、監視中にどうしても必要な最低限の事務的な受け応えのみ。

　こちらから話題を振っても基本的に無言。

　相槌（あいづち）もナシ、笑顔もナシ。

　あらかじめプログラミングされた機械みたいに、淡々と仕事をこなしてる。

「先ほど、男のバイクから降りてこられたように見えまし

た」

「……はい」

「その男は本領墨のように見えました」

「…………」

「間違いないということですね。わかりました」

　用は済んだというように、そそくさと背を向ける中城くん。

　どこまでも機械的で怖くなった。

　正直、冷淡な瞳でも向けてくれた方がまだ安心できる。

「ねえ、あの……ですね、わたしのこと怒ったりしないの？」

「自分の役目は雪様に報告をすることだけです」

「でも本当は怒ってるよね」

「いいえ」

　それは、わたしに全く興味がないから？

　ううん違う。

　雪くんに報告したあと、わたしがどうなろうと知ったことじゃないから、だ……。

　それとも本当になんの感情も湧かないの？

　尋ねても返事がないことはわかりきってるから、黙ってとぼとぼあとをついていく。

　雪くんになんて言い訳しよう……って、涙目で考えながら。

＊　　＊　　＊

「あーっ杏実いたー！」

「まりやちゃん」

　クラス替えの紙が貼ってあるであろう場所にできている人壁の中から、よく知った顔が現れてほっと胸を撫で下ろした。

「ねええ、今年も同じクラスだよ、私たち！」

「っっよかったあ……」

　ふわっふわのロングヘアーをなびかせ走ってきたまりやちゃんとひとときの抱擁を交わして喜び合う。

　去年の入学当初の席が近かったことで話すようになって、気づいたらいつも一緒にいる仲になってたまりやちゃん。

　今日遅刻しそうになったのは、夜中にまりやちゃんと同じクラスになれなかったらどうしようって考えてて、なかなか寝つけなかったからだったりする。

「てゆーかなんでみんなまだクラス替えの紙の前にいるの？　もうすぐホームルーム始まるんじゃ……」

「あっそうか。杏実まだ知らないんだね〜。クラス替えの組み合わせがヤバくて、なにかの間違いじゃないかーって騒ぎになってるよ」

「ふ〜ん」

　気のない返事が出てしまった。

　だってわたし、まりやちゃんと同じクラスってことがわかっただけでもう満足だし……。

　たとえ周りから見てとんでもない組み合わせのクラスが

あったとしても、それが自分のクラスだったとしても、べつにいいや〜と思った。

「先生たちなに考えてるんだろね？　天沢くんと本領くんを一緒にするとか」

　……べつにいいや〜と思った……。

　訂正。

　思ってた。

　たった3秒前までは。

「まりやちゃんごめん、もっかい言って……」

「へ？」

「天沢くんと本領くんが……なにって？」

「だから〜ふたりが一緒のクラスなんだってば〜。ちなみに私たちと同じ2組だよ」

　ぽかん。

　開いた口が塞がらないという経験を、生まれて初めてしたかもしれない。

「杏実的にはよかったじゃん。雪くんと今年も一緒で」

　いや……よくない、よぉ……。

　雪くんとわたしが同じクラスになるんじゃないかという予想は、もともとあった。

　雪くんがわたしを違うクラスに置くのを許すとは思えない。

　クラス決めにあらかじめ口を出すくらい、雪くんにとってはたやすいこと。

　だけど。そこに、本領くんが入るのはどう考えてもおか

しい……っ。

　わたしは本領くんのバイクに乗って登校してきちゃった
し。

　監視役の中城くんは、そのことを雪くんに報告するだろ
うし。

　少し先の未来を想像して、くらくら……本日２度目の目
眩に襲われた矢先だった。

　廊下に固まってた人たちが、ざ……っと一斉に端へ引い
ていくのが見えて。

　あっという間に道ができたかと思えば、みんなの視線の
先には。

「杏実おはよ〜。一緒に教室行こ」

　──表勢力 Sol総長・天沢雪くん。

　ご登場である。

　痛いほどの視線を浴びながら、わたしはできるだけ自然
に見えるようにその手をとる。

「うらやましい〜〜っ」

「天沢くんかっこよすぎる……。加藤さんになりたい」

　聞こえてくる声に罪悪感を抱えながらも、雪くんに手を
引かれるままついていくしかなく。

　そんな中、お次は反対側の廊下から、同じようにみんな
が道を空ける気配がした。

「本領くんだ……」

　近くの女の子の声に、びく、と反応してしまう

　──裏勢力 Luna総長・本領墨くん。

　トップに立つふたりの男の子が、初めて正面から向き合った瞬間。

　その場の空気が、ピシ……と張り詰めた。

　ただ、おかしなことに。

　本領くんの視線は、雪くんではなく——わたしに向いている。

　その瞳が、ゆっくり妖しく弧を描いた。

「"初めまして"。……クラスメイト同士、仲良くしよーね」

　とっさによそを向いた。

　一瞬でも視線が重なったことを、雪くんに知られたらまずい。

　今、わたしの目には雪くんしか映ってないよと必死にアピールするついでに顔色を窺ってみたところ、本領くんに対して返事こそしないものの、"人前用"の笑顔は保ててるみたいで、とりあえず安堵する。

　……ただ、やっぱり心穏やかじゃないらしい。

　わたしを掴む手に、ぎりっと力がこもったのがその証拠。

　痛い、って声をあげることなんか、もちろんできない。

　次の瞬間、

「ちょっと来い」

　耳元で低く囁いた雪くんは、教室とは反対方向へわたしを引っ張った。

「わっ雪様……！　おはようございます！」

「うん、おはよ〜」

　行く先々で声をかけられる雪くん。

「あれ？ 雪、もうすぐホームルーム始まるけど」

「あーっ……ごめん～、遅れるって先生に言っといてくれ
ない？」

「おう、了解」

「ありがとう～助かる～～っ」

　見知らぬ女の子に対しても、そこそこ仲がいい友達に対
しても、おんなじにこにこスマイルで神対応。

　雪くんの話し方は、ちょっとだけのんびりで、語尾を伸
ばす癖があって。

「親しみやすいよね」ってみんなが言ってる。

　お金持ちなのに気取らない。

　権力を振りかざさない。

　ほがらかで明るい、太陽みたいな人。

　だから周りは、そんな雪くんが統べているSolを "善良"
だと勝手に解釈するんだ。

　本当は、喋り方の "癖" すら、計算しつくされたツクリ
モノだとも知らずに……！

「……ったく、朝からごちゃごちゃうるせぇ」

　連れてこられた空き教室。

　扉がぴたりと閉まったと同時、ホンモノの雪くんが姿を
現す。

「て、いうかさ。杏実おれになにか言うことあるだろ」

　さっきより２トーン下がった声が、ふたりきりの空間に
冷たく響いた。

　や、やばい。

　言い訳、まだ考えてなかった。

　覚悟も決めてなかった。

「ごっ、ごめんね、今朝のことには深いわけがあってですね」

「謝れば済むと思ってんの？　てか自分のなにが悪いかわかってんの？」

「もちろんです！　今日ね、実は寝坊しちゃって……えーと、わたしの自己管理の甘さがまずは悪かったです。寝坊さえしなければ、ああいうこと、には、そもそもならなかったわけだし……」

「は、なにふざけたこと言ってんの」

　あくまで冷静にキレられて、お先真っ暗。

　雪くんを怒らせたら最後。

　理屈もなんにも通用しない。

「ご、ごめんなさいぃぃ、遅刻するよりマシかなって！余裕がなくて、まともな判断ができなくてつい、」

「ハー……、やっぱなんもわかってないな。おれからの連絡より、遅刻しないことの方が大事？　やっぱもっかいしつけ直すか」

「……？　へ？」

　今の「へ？」は、しつけ直すと言われたことに対してじゃない。

　"しつける"は、まあなんていうか、雪くんの口癖みたいなものだし。

　それよりも……もしかして

「今朝わたしが返信できなかったことに、怒ってる……？」

「は……、他になにがあるんだよ心配しただろ！　朝から連絡取れない、学校にもいない、どっかで倒れてるかもとか誘拐されたのかもとか！　頭ん中それバっかだったよ……っ」

　ぎゅうううう……とびっくりするくらい強く抱きしめられて、窒息するかと思った。

　"どっかで倒れてるかも"はあながち間違いじゃない、当たっててすごい……！

「っ、ごめ、んね……、心配してくれてありがとう雪くん」

「……おれからの連絡はすぐ返して。電話は３コール以内に出て」

「うん。今度から急いでても雪くんからの連絡を第一優先にするね」

「次、不安にさせたら許さない……」

「うん」

「ほんとに好き、杏実が世界で一番大事……」

　わたしの胸元に顔をうずめて。

　震える声は泣いてるみたい。

　この弱々しい雪くんは、ちゃんとホンモノ。

　雪くんは育った境遇のせいで人間不信なところがあって、そのぶん、気心の知れた相手に対する愛情はすこぶる重かったりする。

　自分の好きなものを手に入れるため。

　そして好きなものをずっとそばに置いておくためなら手段を選ばないほど。

　ただ……。

　いくらなんでも、"友達"でしかないわたしが"世界で一番大事"なんて。

　さすがに言いすぎだと思うんだよね……。

　まあ雪くんの交友関係は広いように見えて実は極狭だし、しょうがないのかもしれないけど……。

「ねえ、雪くんあのね……わたしたちが付き合ってるってみんなに勘違いされてるの、やっぱりちゃんと否定した方がいいと思う」

「……は？」

　容赦のない冷たい反応は予想どおり。

　だけど、いつまでも怯んでるわけにはいかないと強く出る。

「雪くんってすごいモテるでしょ。わたしといるせいで他の素敵な子に出会うチャンスも減っちゃうかもだし、なにより雪くんを好きな子がかわいそうだし騙してるみたいで悪い！」

「…………」

　はっとしたように目を見開くと、雪くんは黙り込んだ。

　これはもしかして。

　わたしの言葉がやっと響いたのかもしれない……！

「ああ……なるほどね、たしかに悪いな」

「っ、でしょ？　だから、」

　期待した。

　のも、束の間だった。

「ほんと……お前がここまで悪い子だとは思ってなかった」

「っ！」

「なんで、わかんねーのかな。おれは他の女なんかに微塵（みじん）も興味がない。みんながみんな、おれとお前は恋人同士だと信じていればいい。そしたら誰も立ち入ることができなくなるから」

「雪くん、だけど」

「おれの世界に余計なものはいらない。余計なものがお前にまとわりつくのも許さない。もう二度と言わないと約束しろ」

　冷え切った瞳はナイフより鋭い。

　……やっぱり、雪くんはすごいと思う。

　雪くんはみんなのものだけど、雪くんの好きなものは、雪くんだけのものじゃないと許されない世界が確立されている。

　雪くんが築きあげてきた、雪くんだけのお城。

　お城の住人は誰も王様に逆らえないし、城壁はきっとエベレストみたいに高くて、外部からの侵入者は門にすらたどり着くことができないんだ。

「杏実。今度こそ、わかったな」

「……う、ん」

　王様になる人って、生まれながらに王様なんだと思う。

　そういう特別な素質を持って生まれてくるんだと思う。

　今朝、本領くんを間近で見たときも同じことを感じた。

　品のいい言葉遣いとか、立ち振る舞いとか、服の着こな

し方とか。訓練すればある程度の貴族っぽさは誰でも身に
つけられるけど。

　この、目の前に立つだけで気圧されて体が勝手に跪<ruby>跪<rt>ひざまず</rt></ruby>い
ちゃうくらいのすさまじいオーラ。

　努力でどうにかなる範疇<ruby>範疇<rt>はんちゅう</rt></ruby>を、完全に超えてる……！

「杏実はおれのものだって」

「うん」

「……わからせろよ」

「……うん」

　再びわたしを抱きしめた腕は、さっきと違って嘘みたい
に優しかった。

　こう優しくされると、振りほどこうにもできなくなる。

　離れなくちゃ……と毎回思うのに、結局いつも拒む勇気
が出ないまま。

　──キーン、コーン……。

　ホームルーム開始のチャイムを聞きながら、求められる
ままに抱きしめ返す。

「うざい……耳障り」

「え？」

「チャイム。邪魔、消えればいい。時間とか」

「…………」

「ずっと……一緒にいたいのに……」

　かすれた声が鼓膜を揺さぶって。

　こうされるたびに、この人は今までどれだけ寂しい思い
をしてきたんだろう……って胸が苦しくなる。

　雪くんのことをどう思ってるかと聞かれれば……正直に言うと"怖い"。

　学校での行動も監視されて、メッセージの返信も遅ければ怒られるし。

　一度機嫌を損ねてしまえば、延々と罵倒されて、そのたびにわたしはしっかり傷つくし。

　常にびくびく、機嫌を窺って過ごさなきゃいけない。

　それでも離れられないのは、離れようとしたとき、雪くんがなにをするかわからないから。

　雪くんは、言葉どおり、手段を選ばないのだ。

　おぞましいことも平気で考えられちゃう人で、下手したらわたしだけじゃなくて、家族や親友のまりやちゃんにまで危害が及ぶ可能性がある。

　それだけは絶対に避けたい。

　……っていうのが、理由の半分。

　もう半分は、雪くんを"そうさせるほどの境遇"を思うと胸が痛んで、突き放すことができないから。

　周りのみんなとなんら変わらない男子高校生なのに、天沢家の長男として生まれたってだけで苦難を強いられてる雪くん。

　甘えられる人もいなくて寂しい思いをしてるのも知ってる。

　そんな雪くんがわたしに心を開いてくれてるなら、そばにいてあげたいと思う。

　行動は行きすぎてると思うけど、機嫌がいいときの雪く

んは普通の男子高校生。

　……わたしの大事な友達だから。

　――わたしとふたりきりのとき。

　且つ、怒っていないとき。

　雪くんは、気の済むまでわたしに密着して、片時も離れたがらない。

　ほっぺた、首筋、肩。

　腕、手のひら、指先……。

　必ずどこかが触れ合ってる。

　このモードに入った雪くんからは、荒々しさは嘘のように消え去って、甘える猫みたいにひっついてくる。

　例えるなら、ご主人様に何日間も放置されたあと……みたいな。

　しばらくじっと抱きしめたあと、

「背中を縦になぞられんの弱すぎ」

「それやめてって……いつも言ってるのに……」

「びくってするの、ほんと可愛い、」

　こうやって時々、雪くんのお遊びが始まってしまう。

　わたしは雪くんのことを友達だと思ってて、あっちもそう思ってくれてると勝手に自負してるけど。

　本当は友達なんて素敵なものじゃなく、遊び道具みたいな感覚なんじゃないかな……って、たまに考える。

　たとえ遊び道具だろうと、"お気に入り"なら絶対に手放さないのが雪くん。

　今までずっと、どうして自分が雪くんのお気に召してい

るのか不思議でしょうがなかったけど。

　おもちゃとしてなら……こんな凡人女が執着されている
のも、まあ理解できる気がするし。

　だけど。

「なんでこんな感度いいわけ」

「ひぅ……」

　最近、どんどん、なんていうか……。

「もうすぐホームルーム終わるな。今度の会議でチャイム
廃止させるか……。聞こえるのは杏実の声だけでいい。他
はぜんぶ耳障り」

「っあ、の……雪く、」

　近すぎる……？

　いや、近いのはもともとだ！

　そう、なんていうか、触れ方が、ふ、深く？　なってる、
ような……っ。

「ん、なに」

「ゆ、指……」

「指？」

　い、言えない……。

　だって相手は王様だし。

　しかも……。

　触れられてるのは至って健全な場所だし（？）

　少女漫画のオトナなシーンみたいに、あんなことやこん
なことをされてるわけでもないし……。

　でもそーいうのを意識しちゃうのは、わたしの妄想が行

きすぎてるから、なのかな……!?

「なに、言えよ」

「う……──」

　ううん、やっぱりおこがましい。

　雪くんは反応をおもしろがってるだけなのに。

　おもちゃ！

　わたしはただのおもちゃ……！

「や、あの……その、く、くすぐったかっただけ」

「………あ、そ」

　そんな、大して興味なさげな相槌のあとだった。

　ふいに、雪くんが体を離した。

　あれ……？

　いつもなら少しの時間も惜しいっていうみたいに、また
すぐ抱きついてくるはずなのに……。

「くすぐったい、……ね。お前にとってはあくまでそーいう感じだよな」

「……？」

　ぽつりとなにかをつぶやいたみたいだけど聞こえなくて。

　なに？ともう一度耳を傾けたけれど。

　それと同時、ヴーッとスマホの音が鳴り響いた。

　うっ、よりによって雪くんとの会話の途中に。

　無礼すぎる……！

　一瞬焦ったものの、光ってるのはわたしのスマホじゃなかった。

　雪くんが、自分のスマホをぎろりと睨(にら)む。
「おれはいつも理性保つのに必死だよ、さっきだって気づいたら歯止めきかなくなりそーで……」
　だめだ、スマホの着信音で聞こえない。
　かき消されるくらい声小さいし。
　ひとり言、なのかな……。
「押し倒して、息つく暇もないくらいキスして可愛がって、めちゃくちゃになるくらい、愛せたらいいのに……」
　言葉をきったタイミングで、雪くんはトン、と静かに画面をタップした。
「はーい、もしもし～？　……ああ、うんっ、今ホームルーム終わったとこ～！」
　２トーンあがった声。
　ボリュームもさっきの10倍くらいある。
　太陽みたいな、みんなの雪くん、になった。
　切り替え、いつ見てもすごいな……。
「えーっ、急用……？　……そっかあ、うん、わかった～。今から行くね～」
　眩(まぶ)しいくらいのにこにこスマイル。
　電話相手には見えていないだろうに。
　色々とプロだなあって、思う。
「うん！　そっちも気をつけて～。それじゃあね！」
　トン、と。
　その指がもう一度画面に触れれば。
「……て、ことだから。今日は学校休むわ」

　　わたしの、よく知った雪くん。
「用事終わったら電話する。２コール以内に出ろよ」
　　ええっ、しれっと１コール減ってる……！
　　……なんて突っ込む勇気は、当たり前になかった。

猫もびっくりの気まぐれさ

　雪くんとは空き教室を出てすぐ別れた。

　今日の雪くんは、いちだんと情緒がおかしかったなあ。

　そう思いながら自分のクラスへ歩いていく。

　って、いうかホームルームさぼっちゃった。

　先生たちにすら雪くんの彼女だと思われてるから、ちょっとやそっとのことじゃ、わたしは怒られない。

　ありがたいけど苦痛でもある。

　むだに目立っちゃうし……。

　教室に入るの嫌だなあって思ってたら、ピコン！とスマホから音がして。

　それはもう目にも留まらぬ速さで画面を確認した。

　メッセージの送信者・天沢雪。

　さっそく来た！

　即返信、即返信……！

【聞き忘れてた】

【足怪我してたろ。どうした？】

　タップして現れた文面にどき、とする。

　気づいてたんだ……。

【今朝急いでたからちょっと転んじゃっただけ！】

【大丈夫！】

　送って間もなく既読がつく。

【ちゃんと消毒しとけよ】

　怖いけど……こういうところがあるから、憎めないんだよね。

　ふたりでいるときは、怒るか、甘えてくるかの２択な雪くんだけど。

　スマホのメッセージでは、ほんの少し優しい気がする。

　なんだかんだ言いつつ気にかけてくれるんだなあって嬉しくなるんだ。

【心配してくれてありがとう☺】

　送信したところで、ちょうど自分の教室にたどり着いた。

　だけどそこに、思わぬ人物を発見する。

「加藤様」

「おわ、中城くん」

　扉の前に立っていた彼に駆け寄る。

「中城くんも同じクラスだったんだね、よろしくね！」

「いいえ。自分は隣のクラスです」

「あれ、そうなの？　じゃあ、わたしになにか用があるってこと……？」

「はい。ひとつ忠告をと、思いまして」

　相変わらずの能面に、淡々とした口調。

　だけど心なしか、いつもより真剣な表情に見えたから、こちらもスッ……と姿勢を正す。

「単刀直入に申します。本領墨との接触は今後一切お控えいただくようお願いいたします」

「あ……うん。そうだよね、派閥が違うもんね……」

「天沢家と本領家が大昔から敵対な関係にあること、加藤

様もご存じですね」

「うんわかってる。心配しなくても、もう関わることはないよ。本領くんだって、Sol側の人間なんて嫌いだろし」

「いいえ」

「い、いいえ……？」

　とは……？

　首をかしげてみせる。

　必要最低限の会話しかするなという、雪くんの言いつけを忠実に守ってるのはすごいけど……！

　言葉が足りなすぎて、なにが言いたいのか、時々わかんないときがあるんだよね、中城くん。

「ですから……本領墨は、加藤様に近づいてくる可能性があるということです」

「は……ええ？　わたしに？　なんで」

「雪様を潰すためです」

「潰す!?」

　なにそれ、物騒すぎ……！

「雪様の弱み……それは雪様が大事になされているもの、つまり加藤様です」

「……はあ」

「加藤様を脅して雪様の情報を得ようとするかもしれません。加藤様を人質にし、雪様にあらゆる要求を突きつけてくるかもしれません」

「ううむ……」

　すごく難しい話をされてる気がする。

　言いたいことはわかったけど……。

「あくまで可能性があるってだけでしょ？」

「可能性が少しでもある限り警戒が必要です」

「う、うん。わかった……気をつけるね」

「いいですか。本領の人間に１ミリたりとも気を許しては
なりませんよ」

　中城くんにしては珍しく念を押してくる。

　それほど本領くんを危険視してるってこと？

「本領の一族はみんな、生まれながらに極悪人の血が流れ
ているのです」

　聞いてもないのに、わたしの思考を見透かしたみたいな
答えが返ってきてびっくりする。

　ていうか、いきなり本当によく喋るようになった……！

　連絡事項と、はい、いいえ、しか聞いたことなかったか
ら。

　よかった〜なんか安心。

　中城くんも、その気になればちゃんと喋れるんじゃん。

「？……　なにを笑っているのですか」

「っあ、いやあのね、今まで中城くんのこと機械みたいだ
なーって思ってたからちょっと感動して」

「…………」

　あ、余計なこと言ったかも。

　黙っちゃった……。

「と、とにかく忠告はちゃんと理解した、大丈夫だよ！
気をつけるね！」

「…………」

「でも、雪くんの恋人じゃないわたしに利用価値なんかないのに……。今日も改めて感じたんだけど、雪くんにとってのわたしは、遊び道具みたいな存在だと思うんだよね」

「…………」

　無反応な中城くん。

　黙って一礼、くるりと踵を返して去っていく姿を見ながら。

　やっぱり中城くんとコミュニケーションを取るのは難しいなあとうなだれて、教室に入る。

「……おそろしく鈍い人だな」

　──密やかに落とされた声は、耳に届くはずもなかった。

＊　＊　＊

　きょろきょろとクラスを見渡して、まずは、まりやちゃんを探した。

　あれ……いない……。

　トイレかなあ？

　まりやちゃんだけじゃなくて、他の人も疎ら。

　もしかして、もう始業式に向かっちゃったのかも。

　まだ自分の席もわかってないのに……と、おもむろに後ろを振り向けば。

「かとーあみちゃん」

「っ!?」

すぐ背後に人がいた。

なんというタイミングだろう、これは。

本領、墨くん。

よりによって？ 関わるなって、たった今忠告されたばっかりなのに……。

無視しなきゃ。

でも目の前にいる人を無視って……。

普通の神経じゃできなくない……っ？

とりあえず視線を斜めに逸らして、静かに後ずさるものの。

「今朝はどーも？」

「うっ、ハイ……」

へ、返事したらだめなのに……。

雪くんと同じ"王様"オーラに、体が逆らえない。

「なんで、そんな後ろ向きにヘンな歩き方してんの？」

くすっと笑われる。

こっちは逃げようと必死なのに！

「あー……ね？ ふつーに歩くこともできないくらい怪我、痛む？」

とりあえず、そういうことにしとこう。

コクコク頷いてみせれば、「そっかーなるほどねえ」と言われて。

うまく回避できたと、思ったのに……。

「消毒まだなら、早く保健室で手当てしてもらわないとだめだよ」

「っあ、そう、だった消毒……」

「でも。そんなまともに歩けないほど痛いなら、ひとりじゃ行けないよね……？」

「っ！」

　普通なら、こんなとき。

　全然大丈夫です！　ひとりで行けます！って、言えるはずなのに……。

　瞳に捉えられた瞬間、呪いにかかったみたいに、言葉が出なくなってしまった。

　"ひとりじゃ行けないよね……？"

　しっかりクエスチョンマークつきで問われてるのに、「はい」以外の返事を許さない、底しれぬ圧力を感じる。

　やっぱり只者じゃない。

　雪くんと同じ"王様"……。

　さっきの空き教室で、本領くんとの件について言及されなかったのは、きっと、中城くんが雪くんに報告しなかったからだ。

　次はないですよ、という意味で忠告しに来てくれたんだと思う。

　あれが中城くんなりの優しさだったんだと思う。

「付き添ってあげる」

　無視して、背を向ければいいだけ。

　でもできない……。

　本能が言ってるんだもん……逆らうのは絶対"凶"だって。

「俺の厚意を無下にする気……？」

　今朝の光景と、怖いくらいきれいに重なった。

　わざと重ねてるんだ、この人。

　わたしになぞらせて、主従を再び成立させようとしてる。

　この会話の流れも、実は始めからぜんぶ計算されてたのかも……って、気づいたときには。

　わたしはすでに——鳥籠（とりかご）の中にいた。

＊　＊　＊

「はよーございます奥のベッド借ります」

　先生の方をろくに見もせず、挨拶と用件を適当に済ませてスタスタと進んでいってしまう本領くん。

　先生にぺこぺこ頭をさげながら、あたふたついていくわたし。

「ちょっと困るよー。もうすぐ始業式始まっちゃうんだけど、おふたりさん」

「しょうがないじゃないですか、この子怪我人なんだし」

「えっ怪我してるの？　どれ〜見せてみ」

　駆け寄ってくる先生を、本領くんは笑顔で制した。

「俺がやるんで結構ですよ」

「はあ……なんのために先生がいると思ってるのー？　まあ私も今から始業式出なきゃだし、任せるけどね！」

　ずいぶん親しみやすい先生だなあって、感心する間もなく。

「ほら、かとーあみちゃんこっち」

「わ！」

　ベッドの方へ強引に腕を引かれて、おっとっと。

　うん？

　待って……よ。

　足を消毒するだけなのにどうしてベッドに……！

　なんで先生もなにも言わないの？

　さては先生Luna派だったりする？

　ことの真相はわからないけど、この親しそうな感じといい……。

　本領くんは、保健室の常連さんだと見た。

「そういえば、私がいるときに、墨くんが女の子をここに連れ込むの珍しいね」

　いつの間にか閉められてたカーテンの向こう側から先生の声がする。

　ていうか、天下の本領家次男を「墨くん」呼びって、やっぱりすごいな……！

「珍しいじゃなくて"初めて"なんですけどね」

「へえ、そうなんだ。私がいないときも勝手に使ってるみたいだったから、色々お楽しみしちゃってるのかなって思って」

「まさかー……。俺けっこー潔癖なんですよ？」

「ほんとかなあー？　……あ、でもそういえば言ってたね。前から片想いしてる子がいるって」

　な……えっ!?

　勢いよく本領くんを見る。

　出会って間もない人のこととはいえ、これは……さすがに反応せずにはいられない。

「そ、片想いですよ。……最初から叶（かな）うわけもない片想い」

「いや叶うわけあるだろ〜。墨くんが告白してオッケーしない子とかいなくない？　ねえ、そこのきみもそう思うよね？」

　シャッ！とカーテンが開いたかと思えば、遠慮なく入ってきた先生に問いかけられた。

「たっ、たしかにすごく綺麗でかっこいいし、お金持……家柄も素敵なので、断る理由はないかも……です、ね？」

　うんうんと頷く先生。

　じっとこちらを見つめる本領くん。

「う……まあでも、あくまでも一般論というか。わかんないですよね、恋って、感情の問題だし。スペックとかじゃどうにもならないこともありそう……」

　なあんて偉そうに語ってみせるけど、これ、まりやちゃんの受け売りなんだよね。

　わたしの恋愛の知識はすべてまりやちゃんとドラマと少女漫画で構築されているので、なんかこういうとき申し訳ない……。

「叶わない恋ねえ……。あ、もしかして墨くんって２次元にお嫁さんいたりする？」

「それは先生の話でしょ」

「エッ、なんでわかるの？　そうなのだよね〜。今もなお画

面から出てこない旦那が5人ほど……」

「もう始業式始まりますよ。さよなら」

　本領くんは笑顔のまま一蹴すると、再びカーテンを
シャッと閉めて先生を追いだしてしまった。

　ほんとじゃんやばい！と言いながら、ばたばた駆けてい
く先生。

　足音がいったん遠ざかって──そして、なぜかまた戻っ
てきた。

「なにしとるん、墨くんたちも始業式！　ほれほれ！」

「大丈夫ですよ、留守番は任せてください」

「くっ、そうだよね。天下の本領サマが先生なんぞの言う
ことを聞くわけないよね……。わかった。今回は任せる、
ヘンな人来たら追い返しといてね！」

　え、えええ。

　そこ任せていいの……!?

　唖然と背中を見送れば、先生はもう本当に帰ってくるこ
とはなく……。

「かとーあみちゃん」

「っは、い」

　やけに静かな空間に、ふたりの声だけが響いた。

「ベッド座って」

「え」

「手当てするから。早くして」

　トン、と肩を押された勢いで体がベッドに着地する。

「そこにいて。消毒液取ってくる」

「え？　あ……」

　数秒間ぽかんとしたのち、我に返った。

「やっ、大丈夫です！　消毒液も自分で取ってきます……」

　一般生徒の分際で、本領くんのお手を煩わせるわけには
いかない。

　本領家次男様、そしてLuna総長様。

　で、あるからして、バチ当たりそう……！

　なのに。

「いーから。黙って座ってな」

　一直線に見つめられながらその冷静な声を聞くと、体は
素直に従ってしまう。

　やっぱり呪いみたい……。

　しばらく待っていると、本領くんは本当に消毒液とガー
ゼと脱脂綿を持って現れた。

「あ、ありがとうございます。あとは自分で、」

「いい。俺がやる」

「は……い」

　ベッドに座ったわたしの足元に、膝をついてかがみ込む
彼。

　ひ……跪かせちゃった……。

　あまりのおそれ多さにぶるぶる震える。

　果たしてこんなことがあっていいのだろうか。

　いや、いいわけがない。

　これ、授業で習った反語表現。

　断定を強調する効果があるって、先生が言ってた。

「今頃みんな始業式だね、かとーあみちゃん」

　脱脂綿にちょんちょん、と消毒液をつけながら話しかけてくる本領くんに、ぎこちなく頷く。

　やっぱりこのシチュエーション普通じゃない。

　異常だ！

　始業式をさぼってること以前に、雪くんの敵と一緒にいることが。

　そして、なにより。

　相手から見れば、わたしは敵の彼女（だと思われてる）なわけだから……つまり敵！

　敵に親切にされるって状況！

　絶対にヘン！

「傷口触るよ、いい？」

「っ、うん」

　こんな……優しい手つきで、丁寧に手当てしてくれるの、絶対にヘンなのに……。

　消毒液に濡れた脱脂綿が、ゆっくり、傷口に近づくのを目で追っていたら、また……心臓の音が速くなってきた。

「っひ……、ぅ」

　アルコールが染みて、思わず膝を浮かせて逃げそうになる。

「痛い？」

「う…ん、っ、いたい、」

「もうちょっと我慢」

「……うう、はい」

「そう、いい子」

　巷で有名、大悪党・本領グループの次男。

　極悪人、不良、ごろつき、マフィア、お尋ね者……。

　今まで聞いたことのある噂をずらっと並べてみても、目の前の光景と結びつかなくて非常に困る。

　ついには自分の目を疑って、改めて本領墨くんを凝視してしまった。

　黒い髪、黒い瞳に、びっくりするくらい白い肌。

　もはや絵画。目、鼻、口、どこを切り取っても美しくてむだな線がなんにもない。

　高貴だなって思う。

　神様がめちゃくちゃ気合い入れて繊細に作りあげた代物みたい。

　雪くんだって引けをとらない美しさをもってる。

　見た目の好みは各々あれど、どっちが美しいかなんて一生悩んでも決めきれない。

　決めきれないし、雪くんのそばにいるおかげでわたしの目は美しさにとっくに慣れているはずなのに……。

　長い睫毛が影を落とした瞬間に、ドク、ドク……って。

　胸の底から蠢く気配がする。

「はい終わり」

　ガーゼを医療用のテープでぴたっと留めてくれた本領くんが顔をあげると、耳元でピアスがゆらゆら揺れる。

　シャツは第2ボタンまで開いてるけど、内側から覗く黒いハイネックが喉元をきれいに隠していた。

「ありがとう、」

「いいえ、どういたしまして」

　にこっと笑って、ベッドの上……わたしの隣に、すとんと腰をおろした。

　落ち着かないから、早く立ち上がって今からでも始業式に向かいたい。

　でも本領くんが隣にいる限り無理。

　行くなと言われたわけでもないのに、さっきの呪いがまだ効いてて、許可がないと動けない体になってしまった。

　かと言って、このままふたりきりで座ってるのは気まずいもので……。

「あっ。そういえばさっきの保健室の先生、すごい賑やかな人だったね」

　さりげなく話題を振ってみる。

「賑やか？　騒がしいの間違いでしょ」

「仲良さげだったじゃん。本領くんはよく保健室来るんだ？」

「あの人誰にでもああだよ。べつに入り浸ってるわけじゃないし、眠くなったら来る程度」

「そう、なんだ……」

　質問すれば返してくれるけど、ただそれだけ。

　早く「もう行こっか」って言ってほしいのに、本領くんは動かない。

「あ、そうだ。さっき言ってたの……片想いしてるって、ほんと？」

「本当だよ。叶わないのも本当、俺たちの世界ではよくある……立場の違いとかいうやつ」

　ふとまぶたが伏せられて、きれいな横顔に、長い睫毛が再び影を落とした。

　瞬きひとつでも絵になるこの人が、片想い……。

　先生同様"いや叶うわけあるよ"と言ってしまいそうになる。

　だって誰がどう見ても、本領墨くんは片想い"される側"なんだもん。

　片想いって言葉が似合わなすぎる。

　それよりびっくりなのは、まだ高校生なのにそんなシガラミに縛られて生きなくちゃいけないってこと。

「立場の違いとか……、なんか、大人みたいなこと考えるのってまだ先でもよくない？　かなあ」

　相手がちらっとわたしを見たのがわかった。

「ほら、なんかね、推しは推せるときに推せって言うでしょ。好きな人もそうじゃない？　今、好きなんだから、大事なのは今、じゃない？　行動すればなんか変わるかもだし」

「今……」

「うん。まだ未成年なんだから難しいこと考えなくていいと思うんだよね」

　恋愛経験がないくせに差し出がましいのは承知だけど、これはまりやちゃんを見てていつも思うことなんだ。

　まりやちゃんは恋多き女の子で、今までメンズ地下アイドルとか、カフェのオーナーとか、教育実習の先生とか。

　とにかく色んな人と恋愛をしてきてるスーパーマスター。

　いつも好きだって思ったら、すぐ『好き！』って言っちゃうのがまりやちゃんのいいところ。

　たぶん立場の違いとかいちいち考えてないと思う。

　……って、

「わ、っ、？」

　トン、と肩を押された。

　と思った０.１秒後には、ベッドに仰向けになっていた。

　……あれ？

　目の前にはわたしを見おろす本領くん。

　わたしの両サイドに手をついて、薄笑いを浮かべている。

　え………えっ!?

　組み敷かれているような！

　おっ、押し倒されたってこと……!?

　人生初めての経験にフリーズして、思考回路は寸断されかけた。

「な、なんですか」

「いやべつに。隙だらけだなー……と」

「っ、ええと、からかった、ってこと？」

「んーん、本気」

　抑揚のない声が落ちてくる。

「俺の片想いが叶わないわけないとか、無責任なこと言われたから」

「んえ……叶わないわけないって言ってたのは先生、だ

よ？」

「うん。でもかとーあみちゃんも便乗してたでしょ。その根拠、くれる？」

「な……、ん」

　襟元にかけられた指先が、リボンを解こうとする。

　また、心臓が狂ったみたいに……。

「や、困る……っ」

　顔を逸らしながら、相手の手を掴んだ。

　だってこういう経験ないんだもん！

　知ったかぶりしてもバレたら恥ずかしいし……！

　なにより、想い合ってない人とこういうことするのはやっぱり違うと思うし。

　ていうか、あと、これ以上近くに来られたら心臓の音が聞こえちゃいそうで……。

　緊張ととまどいと焦りで、言葉になりきれない気持ちがじわりと熱をもって、涙に変わった。

「ほんりょー、くん、近すぎる……本当にもうだめです、これ以上は」

　心臓が。

「へえ。でもそーいう顔、逆に男を煽るんだよね」

「？……じゃあ……どーいう顔したらいいの……？」

　本領くんが一瞬ぴたりと動きを止める。

「……ほんと可愛いね、気抜いたら襲いそう」

「へ？　と、とにかく、わた、わたしはだめなの……！他を当たって、お願い……！」

　本領くんの両手を掴んだまま、ぎゅっと力を込めた。

　これ以上動けないように。

　ぐぐ、ぐぐぐ……とお互いの力を沈め合う攻防。

　なんか、すごい力強い握手を交わしてるようにも見えてきて、場にそぐわずちょっと笑いそうになったり。

　男の子だから解こうと思えば解けたはずだけど、結局、おとなしく拘束されたままでいてくれた。

「なんか……馬鹿力のおかげで正気に戻ったかも、ありがと」

　本領くんの熱がすっと離れていく。

「っえ、そんな馬鹿力なんて……」

「かとーあみちゃんは天沢の彼女、だもんね。……ほんと憎たらしい……」

　笑顔のまま、最後にぼそっと付け加えられた言葉をわたしは聞き逃さなかった。

　ちょっと、グサッてきたけどなんにも言えない。

　憎たらしい。

　そうだよね、敵だもんね。

　怪我の手当てしてくれてるとき、優しかったから……ほんの少し心がぐらぐらした。

　でも中城くんの言うとおりなんだと思う。

　本領くんは雪くんを憎んでて、だからわたしのことも嫌いで。

　わたしに近づくのは利用するためでしかない……。

「ていうかさ、かとーあみちゃん」

「っ、なに？」

　上半身を起こして向かい合う。

　真っ黒な瞳の中に捉えられて、どくっと動く心臓。

「……いや、やっぱり大丈夫」

「え……」

「俺の理性がまともに働いてよかったね」

　最後にそんな言葉を残して、本領くんは保健室を出ていった。

　ひとりになった途端、怪我した部分のひりひりが、急に強くなった気がした。

本領家・次男の切情

「墨様。学校はどうされたのです」

連絡なしに家に帰れば、門番たちが厳しい顔をして立ちはだかってきた。

「べつに。だるくなったから抜けてきただけ」

「なりません。お戻りください。今、車を手配いたしますので」

「いや勘弁。てか戻っても意味ないよ。始業式の日は授業っていう授業はないし、午前中だけで終わるしさ」

「そういう問題ではありません」

無遠慮に掴んでくる手を、思いっきり振り払う。

「主の息子を門前払い？　頭おかしーんじゃないの」

「旦那様より、墨様をきちんと学校へ行かせるよう、我々は厳しく言いつけられております」

はいはい、知ってる。

お前たちが仕えてるのはあくまでご主人様であって、俺じゃないもんね。

無視して敷地を進めば、連中は懲りずに追いかけてくる。

「墨様、お待ちください！」

「むだだって。あんたたちの言うことを聞く気は毛頭ないし。まあ、力ずくで俺をどうにかしたいならどーぞご勝手に」

ほら、無防備ですよ、と。

　両手をひらりとさせてみせたところで、相手はなにもできない。

　力の差を身に沁みてわかっているからだ。

　本領家の息子としての権力ではなく、"俺"との、物理的な力の差を。

　だから代わりに、言葉で諭そうとする。

「巴様は、学校を自己都合でお休みになられたことなど一度ございませんよ……！」

　計算どおり、その名前が出てきてほっとした。

　本領巴。

　——本領家長男、俺の実兄。

「兄貴が優秀でよかったね。弟はこんなんでも、跡継ぎ候補の片方さえしっかりしてれば、みんな安心だろうし」

　ほらほら、すぐ黙る。

　そのとおりだからなんにも言えないんだ。

　ここまでくれば俺の勝ち。

「だから説教なんてしなくていいよ。むだだってわかってるでしょ。本領家には"巴様"がいれば十分なんだよ」

　今度こそ誰も追いかけてこなかった。

　そう、これが正解。

　俺ができ損ないであればあるほど、兄の評価があがっていく。

　常に２番手が俺の席。

　守らなくちゃいけない席。

　自分は絶対に——選ばれる立場にあってはいけないか

ら。

「おかえりなさいませ、墨様」

　ようやく玄関に着いたと思ったら、今度はメイドが立っていた。つい先日入ってきたばかりの新しいメイドだ。

　俺の時間割は把握してるはずだけど、余計なことはなにも言ってこないあたり優秀だと思う。

「なにか軽食でもご用意いたしましょうか？」

「んーん大丈夫。部屋で休むからほっといていーよ」

「承知いたしました」

　階段に足をかけたところで、ふと立ち止まる。

「ねえ、あのさ」

「はい。どうなされましたか？」

「巴の……兄貴の高２の１学期中間テストの成績調べといてくれない？」

「は……い、かしこまりました。それではお調べしたあと、お部屋に伺いますね」

「ありがとう。兄貴には内緒で、ね」

　本領　巴

　２年１学期中間考査

　現国　　100｜古典　　　96

　数学Ⅰ　 97｜数学Ⅱ　　88

　英語Ⅰ　 90｜英語Ⅱ　　92

　歴史　　100｜物理　　　90

　ノートに書き写した文字を見ながら、ペンをくるりと一周させる。

　……なるほどね。

　じゃあ俺は、

現国	92	古典	90
数学Ⅰ	90	数学Ⅱ	82
英語Ⅰ	87	英語Ⅱ	88
歴史	95	物理	85

　――このくらいが妥当かな。

「巴様の成績なんて、いったいなにに使われるおつもりですか？」

　成績表のコピーを持ってきたメイドは、なかなか部屋から出ていこうとしなかった。

「参考にしたかっただけ。目標あった方がいいと思ってさー。いくら落ちこぼれでも、本領家の品位を落とすわけにはいかないし」

　目標を定めるため。

　引き算に必要なだけで、嘘はついていない。

　兄と比べて、弟は劣ると思われなければいけない。

　ただそれは、身内にしかわからない程度の差でなければいけない。

　本領家の品位は保ちつつ、巴には少し劣る……という、バランスのよい評価を得るために必要なことだから。

「……で。まだなんか用があんの？　出ていってほしいんだけど」

　なお扉の前に立つメイドに声をかければ、肩をびくりと震わせて。
「早退されてきたようなので……その、少し気になりまして。新学期早々、なにかあったのかと……」
「……ふうん。俺が心配？」
「いつもと、様子もなにか違うように見えましたので……。すみません、差し出がましいことを申しました」
　あー……厄介。
　説教ならテキトウに突っぱねられるのに、こーいうのは無下にしにくい。
　他人に必要以上に踏み込まれることが、昔から嫌い。
　本当は踏み込んでほしい、本当の俺を知ってほしい。そんな弱い心を見透かされそうで。
「あったよ最悪なこと。なんだと思う？」
「え、ええと……」
「天沢と同じクラスになった」
「っ、左様ですか……」
　あと、その彼女とも……ね。
　学校側の意図が読めない。
　天沢がそうさせたとも思えない。
　わざわざ、最愛の彼女を俺の近くに置くはずがない。
　──加藤杏実。
「心配になるくらい無防備だったな、」
「……え？」
「いや、こっちのハナシ。気が済んだなら下がってくれる？」

「はい、失礼いたしました。それでは」

　扉が閉まる音を合図に目を閉じれば、今朝の出来事が脳裏をよぎった。

　……まさか、道路で派手に転んでるのが、あの子だとは思わないじゃん。

　声かけたの、間違いだったな。

『立場の違いとか……、なんか、大人みたいなこと考えるのってまだ先でもよくない？　かなあ』

　天沢の一番近くにいるくせに、こっちの世界のこと、なんにもわかってない。能天気な女。

　本当に最悪だ。

　自分には関係ないことだと思い込んでるし、無責任な発言するし。

　あと、

『ほんりょー、くん、近すぎる……本当にもうだめです、これ以上は』

　……気がおかしくなりそうなくらい可愛い……し。

　俺を拘束した手を解くのは簡単なのに。

　持ってる精一杯の力で俺に触れてくれるのは、これが最後かもしれない……とか、ね。

　余計なこと考えたせいで、とんだ茶番になった。

　俺に流されなかったのは正解。

　これはお互いの立場、から見た結果。

　俺個人から見れば間違い。

　あの程度で俺になびくようなら、"やっぱ大した女じゃ

なかったな"って……思えたかもしれないのにさ。

「……馬鹿な女」

　関わるべきじゃないのに、関わったばかりに、新しく気になることができてしまった。

『ていうかさ、かとーあみちゃん』

『っ、なに？』

　あのとき、俺が言うべきじゃないと判断して、飲み込んだ言葉がある。

"手首のアザ、どうしたの？"

　今朝の登校時には気づかなかった……が、たしかにくっきりと痕がついていた。

　天沢という彼氏がいながら、いったい誰にやられたんだ？

　……なんて、ね。

　誰かにやられたって証拠はない。

　なによりあの子には守ってくれる男がいる。

　俺が出る幕じゃない。

　……と、結論づけたあとも、

　やっぱり頭の中を支配するのは。

　この世で一番憎くて、──一番愛しい女だった。

無派閥の彼女

「いた！　さぼりの加藤杏実〜〜」

　始業式が終わるタイミングを見計らって、さも「みんなと一緒に体育館から出てきましたよ感」を出しながらコッソリ列に交ざっていたら

　後方からまりやちゃんの声がした。

「もう〜さっそく噂になってるよ！　ゆきあみが空き教室に入ったきり出てこないーって」

「つえ、あ。そっか雪くん……」

　みんなは最初から最後まで、わたしは雪くんと一緒にいたと思ってるんだ。

　雪くんと別れて教室に戻ったとき、人が疎らだったのは、みんなもうすでに体育館に移動してたからで。

　教室を出たのは、たしか本領くんとわたしが最後だったんだよね。

　つまり……本領くんとわたしが一緒にいたのは誰も知らないってことか。

　よかった……。

「朝から空き教室とか、ゆきあみアツアツだな〜ってみーんな思ってるよ」

「あはは……。ていうかその、"ゆきあみ"ってなに？」

「え、知らなかった？　あんたたち、全校生徒にそう呼ばれてるよ」

「な……ッ!?」

　全校生徒はさすがに大げさでしょ！

　でも雪くんの知名度を考えれば、ありえる話ではあるかも……。

「ゆきあみはうちの学校の象徴になりつつあると思うね〜」

「いやおかしいって。そもそも……っ」

　付き合ってないんだから！

　ううう……まりやちゃんにすら言えないなんてもどかしい。

　どんなに親しい友達にも、ほんとは付き合ってないって言っちゃいけないの。

　釘を刺されてるんだ。雪くんは自分のお気に入りに対して、とにかく独占欲魔神だから……。

「しかし改めてすごいな〜。私の親友がSolの総長様の彼女なんて！」

「は、はは……どう見ても不釣り合いだよね」

「誰がどう見てもお似合い。特に雪くんいつも杏実にベッタリで超〜溺愛！って感じだもん。いい意味で、暴走族の総長には見えない〜」

　何度交わしたかわからないこの会話。

　この流れになるたびに後ろめたくてそわそわしちゃうし、妙な違和感に苛まれる。

「ねえ……雪くんが仕切ってるSolって、やっぱり"暴走族"なのかな……」

　すると、まりやちゃんはぽかんとして。

「なに言ってんの？　うちの学校は代々、暴走族が仕切ってるじゃん。もはや伝統じゃん？」

「うん、それは知ってるよ！　でも暴走族って一般的に、不良……っていうかさ、そういう悪いイメージじゃん」

「SolもLunaも立派な不良だよ。他の学校から見れば、高校生の２大派閥が生徒を支配してるとか、どう考えたって異常なんだからさ」

　異常……。

　そう言われてみればそうかもしれない。

　SolとLunaっていう派閥は、この学校ですさまじい支配力を持ってる。

　SolにもLunaにも選ばれし構成員がいて、幹部とかの役職まで存在してるんだとか。

　"仲がいい友達"と"そうでない友達"みたいな、グループのなんちゃって派閥とはわけが違う。

「Solが善良な不良で、Lunaが極悪な不良ってとこかな」

　まりやちゃん、おかしいこと言う。

「善良な不良って矛盾（むじゅん）してない？」

「でも実際そうじゃん。Solは基本的に善良だけど喧嘩（けんか）もするしバイクも乗るし！　まあ、うちの学校で言う暴走族ってのは独自の進化をとげてて一般的な暴走族とは違うのかもしれないけどさ～」

「なるほど……」

「てか、なんで杏実はそんなに無知なの？　雪くんの彼女なのに」

　痛いところを突かれてぎくり。

　ううん、これは彼女であっても同じこと。

　雪くんはどうしてか、わたしをSolっていう組織には近づけたがらない。

　学校の南棟の４階隅にSolの溜まり場があるんだけど、以前用があって近くまで行ったときも中には入れてもらえなかった。

「公私のけじめをしっかりつけたいんじゃないかなあ……。プライベートでは親しくても、わたしはSolの組織とは関係ない人間だし」

　自分で言いながら納得した。

　雪くんは厳しく育てられてるから、そういうところもしっかりしてそうだもん。

「そういうもんなの？」

「そういうもんだよ！」

　わたしが詳しくないのは、SolとLunaの派閥にあんまり興味がないせいでもある。

　教えてほしいって言えば、教えてくれるのかもしれないけど、知ったところで雪くんへの見方が変わるわけでもないし。

　雪くんは、あくまでわたしの知ってる雪くんがホンモノだっていう自負もあったり……。

「しっかし今年は荒れそうだね〜。SolとLunaの総長が同じクラスとか、学級崩壊しそうじゃない？」

「学級崩壊？　なんで？」

「だって、一般生徒にも、"どっち派"っていうのは少なか
らずあるじゃん？ 雪くんと本領くんに憧れてわざわざ遠
くからこの学校受験しにくる男の子もいるくらいだし」
「えっ！ そうなの!?」

　驚きのあまり大きい声が出てしまった。

　まりやちゃんが「あんた、ほんとにさあ……」みたい呆
れ顔でわたしを見てる。
「もうちょっと関心持ちなよ！ 彼氏のことでしょ！ 男
の子にモテるのもそうだけど、女の子だって目ギラつかせ
ながら彼女の座狙ってるんだからね！」
「あ、う……雪くんがモテるのは知ってるよ？」
「そういうレベルの話じゃないっての。杏実ってさあ、Sol
とLunaの違いすらわかってなさそう。この学校の生徒に
あるまじき」

　はらりはらはら。

　苦笑いでごまかした。

　こういうことを言ったら絶対怒られるんだけど。

　わたし実は───無派閥、なんだよね。

　天沢家と本領家がビジネス的に（？）敵対関係にあるのは
しょうがないとは思うけど、

　まだ高校生の雪くんと本領くんの立場に影響しちゃうの
はおかしいって、ほんとは思ってる。

　それが一般生徒の関係まで左右しちゃうのはもっとおかし
しいって思ってる。

　派閥とか、なくなっちゃえばいいのにな……。

「そういうまりやちゃんは、どっち派なの？」

「え。もちろん雪くんだけど」

「あ、そうなんだ」

「杏実の彼氏だからっていうのもあるけど、本領くんのやり方には、普通に賛同できないかなあ〜って」

「へ、へえ〜……」

　まずい、また無知なのがバレる。

　SolとLuna。わたしが知ってるのは外枠だけ。

　Solが善良で、Lunaが極悪って言われてることくらい。

　やり方ってなに!?

　政治でいう政策方針みたいなやつかな……!?

「本領くんが戦闘狂なせいで、Lunaはどんどん攻撃的な組織になってるってみんな言ってるよ〜。男の子にはそっちのがうけるのかもだけど」

「せんとうきょう……」

「Lunaが攻撃型だとしたら、Solは防御型って感じかな。Solはすっごい強いのに、守るときだけしかその力を使わないの、かっこいいよね〜！」

「そ、そうだよね……！」

　とりあえずここは話を合わせるのが吉だと判断。

　自分があまりにも無知で赤面しそう。

　SolとLunaが絶大な権力を誇ってるのは知ってた。

　でも一般生徒の言うどっち派は、女の子から見れば、雪くんと本領くんの「どっちがタイプか」みたいなものだと思ってたし。

　男の子から見れば、雪くんと本領くんの「どっちが強そうか」みたいなものだと思ってた。

　しょせんその程度だって軽く見てた。

　みんな、どっちかを支持するというより、とりあえず派閥に"属してる"自分に満足してるんだろうなって……。

　──その程度で、あってほしかったのに。

「あと、本領家って先祖代々みーんな極悪人だって言われてるじゃん。権力振りかざしながら手段選ばず、汚くのしあがってきたんだってさ」

「…………」

　でも、あくまで噂でしかないでしょ？

　鵜呑みにしていいのかな……。

「本領くん見ててもなんか冷たそうだもん。同じく国宝級イケメンの雪くんは、みんなに優しくて親しみやすいのに」

「っ、でも本領くんって意外とよく笑うんだよ」

　つい、ぽろっとこぼれてしまった。

　やばいかもって思ったけど、まりやちゃんは特に反応なく続ける。

「本領くんの笑顔なんかつくりものに決まってるじゃん。極悪人ほど、悟られないようにニコニコするんだって」

　そんな風には見えなかったけど……。

　なんて、Sol派のまりやちゃんに言ったところでわかってもらえない。

　喉の奥でぐっと留める。

　あいまいな相槌しか打てない自分が憎らしくてちょっと

泣きそうになった。

　そのあとも教室に着くまで、まりやちゃんから本領くんがいかに極悪かってことを言い聞かせられた。

　戦闘狂だから人を殴るときしか楽しさを感じられないとか。

　女を道具にしか思ってないとか。

　女をいたぶって遊ぶのが趣味だとか。

　どれもいまいちピンとこなかったけど、もしかしたらありえるかもしれない話、として頭の片隅に置いておくことにする。

「生徒がふたりの話をするとき、大多数が"雪"くんと"本領"くん呼びなんだよね。ここに人柄の差が表れてると思わない？」

「なるほど……すごい洞察力だね」

　要するに結論としては、間違っても本領くんには近づかないようにしろ……ってこと。

　だけど……。

　転んだわたしのことをわざわざバイクから降りて助けてくれたり、怪我を丁寧に手当てしてくれたり。

　優しい人だと、思うんだけどな……。

　思い出すとまたほっぺたが火照ってくる。

「ま、でも結局。顔がいいのと危ないミステリアス要素つきで本領くんも意味わからんくらいモテてますね〜」

「っ、……そうだよね」

　自分でもとまどうくらい暗い声が出た。

　本領くんはモテる。

　生物が息をするのと同じくらい当たり前のことなのに、どうして今さらハッとさせられるんだろう。

　気づきたくなかったけど、わたしは本領くんのことが、好き、なのかもしれない……。

　そんなの困る。絶対困る。

　派閥の問題ももちろんそうだけど、本領くん、好きな人がいるって言ってたのに……。

　わたしなんかに構う理由は、よくて気まぐれ。

　最悪、雪くんを潰すための材料として見られてる可能性もある。

　まだ今なら踏みとどまれるかな。

　忘れなきゃ……。

　そう思うのに、まりやちゃんとの会話が終わったあとも、本領くんの片想い相手はどんな人なんだろうとか、延々と考えてしまっていた。

＊　＊　＊

　教室に戻ると、SolとLunaの総長がふたりとも不在なことに対して様々な憶測が飛び交っていた。

　中には、どっかでタイマンはってるんじゃないかとか言い始める人も。

　雪くんは家の都合で帰ったのを知ってるけど、本領くんはどこに行ったんだろう……。

　なにはともあれ、今はどっちとも顔を合わせたくないから助かった。
「ねえ、加藤さん加藤さん！　ちょっといい？」
　椅子に座って伸びをしていたところに、隣の席の男の子から声がかかる。
「オレ、佐々木。よろしくね！」
「あ、うん！　よろしくね佐々木くん」
「いきなりで悪いんだけど、まりやサンって今彼氏いる？」
　本当にいきなりだな！と思いながらもびっくりはしない。
　まりやちゃんはおそろしくモテるから、この手のタイプの質問を受けるのは今まで何億万回もあった。
「まりやちゃんは今フリーだよ」
「っ、まじで！　よっしゃ〜〜！　そしたら頼みがある！まりやサンに近づくきっかけほしいから、オレたちと一緒に遊べるようにセッティングしてくんない？」
　なるほどね。
　ひとりじゃ誘う勇気がないからわたしに伝えてもらおうってことだ。
　当然、この手の依頼も初めてじゃないんだけど……。
「オレ"たち"って？」
「オレの友達をもうひとり連れてくるからさ、加藤さんも一緒に、ダブルデート的な」
「ダブルデート……!?」
　どうしよ、間接的かつ数合わせとはいえデートに誘われ

たのは人生で初めて。

　雪くんとふたりで出かけることはあっても、恋人じゃないからデートとは言えないし。

「ね、どうかな加藤さん」

「んん……わたしは、」

「あ、もちろん雪くんが彼氏なのは知ってるよ！　でも事情を説明したらわかってくれるって。雪くん優しいでしょ？」

「う、うん」

　ここで否定の言葉なんか発せるわけない。

　デートっていうのは、佐々木くんとまりやちゃんをくっつけるための建前で。

　人助けだと思えば……いけるかも。

「わかった。雪くんにも確認して、まりやちゃんも誘ってみるね！」

「さんきゅ〜！　めっちゃ楽しみ」

　にこにこ、すごく嬉しそう。

　この人の恋路はわたしにかかってるんだ。

　がんばらなきゃ……！

「──ってことなんだよね、どうですか、まりやちゃん」

　休み時間に、かくかくしかじかで〜と４人で遊ぶことを伝えると、まりやちゃんは意外にもあっさり頷いてくれた。

「佐々木くんね、犬系男子で実はちょっといいなって思ってたんだ」

「え、ほんと！　よかった〜。じゃあ、あとで４人で日程
決めよ！」

　クラスの男女で遊ぶの、ちょっと青春っぽいし。

　人の役に立てた、嬉しいって、ちょっと浮かれてたんだ
と思う。

　雪くんには、週末に"まりやちゃんとふたりで遊ぶ"と
伝えて、男の子がいることは黙ってた。

　ヘンに波風立てたくないし、それが吉だと思ったんだ。

　久しぶりに選択肢を間違えたことに

　──そのときは当然気づくはずもなかった。

天沢家・長男の激情

『急用が入ったから帰ってきなさい。迎えの車は裏門のそばにつけてあるわ』

　とか言うから、どんな重要な事態かと思えば。

「どうかしら。美しいお嬢さんで、家柄としても雪にとっても似合うと思うのだけど」

　クロスに並べられた、とある女の大量の写真、および資料。

　テーブルごとひっくり返して破り捨て、ふざけんなと怒鳴り散らせたらどんなに楽だろう。

　そんなことをしたら、この女はショックのあまり泡吹いて倒れるだろうけど。

「たしかに綺麗な方だとは思うよ〜。たけど母さん、いつも言っているように、僕にはまだそんな話は早いって」

「いいえ、縁談は早い方がいいわ。一刻も早くよいお相手を見つけて、将来の安定をはかるのよ。雪は天沢家の大事な跡取りなのだから」

　ぎり、と奥歯を噛む。

　こんなくだんねー話をするためだけに、わざわざ学校から連れ戻したのか。

　改めてテーブルの上の紙と写真を見て、吐きそうなくらいうんざりした。

　これは盗撮されたもの。

　相手方が用意した見合い用の写真なんかじゃない。

　天沢家の嫁候補として山のように申し出がある中で、母親は、気に入った女を探偵に調べさせる。

　個人の学歴、性格はもちろん、服やアクセサリーのブランド、行きつけの店、人脈、血縁関係にある者すべて、徹底的に洗いだす。

　この執念は異常だ。

「……そっか、わかった〜。考えてみるね。見合いの日はいつ？」

「雪ならそう言ってくれると思っていたわ。今週の日曜日、いつものホテルを取ってあるからお願いね」

　うふ、と笑う顔に寒気がした。

　だいたい、言葉遣いとかいつの時代のお嬢様だよって感じだし。気取ってるのも鼻につく。

　温室育ちで父親の仕事もまるで理解してないような、まじで世間知らずな母親。

　とりあえず前向きな姿勢だけでも見せておけば、かんたんに機嫌が取れる、単純で馬鹿な女でもある。

　こんな母親を見てきたせいか、地に足がついてないようなフワフワしたお嬢様タイプがすげー嫌いになった。

　自分が人から好かれることを当たり前だと思ってる金持ち女。

　望めばなんでも手に入ると思ってるめでたい頭の女。

　イメージするだけで悪寒がする。

　ていうか女はほぼ全員無理。

けど……まあいっか。

見合いはテキトウに流して、相手の女のことを悪いようにでっちあげれば破談になるだろ。

「用はそれだけ？　じゃあ僕、もう行くね〜」

「いいえ、待ちなさい雪」

呼び止めの声。

「あの子……加藤杏実とかいう一般の子とは、いったいいつ縁を切るのかしら？」

声色ががらりと変わって、責めるような声。

聞こえない程度に舌打ちをした。

「縁を切るって……母さん、なんでそんなこと聞くの？」

思ったよりも低い声が出た。

「もちろん、一般的な女性を知るという勉強のために付き合っているのはわかっているわ。だけどもう十分でしょう。早く離れなさい」

「…………」

母親に、杏実のことはただの友達だと事実を伝えてある。

「一般階級の子とお付き合いがたくさんあるのは喜ばしいことよ。雪には男の子のお友達がたくさんいて、私はとても嬉しいの。人望が厚い証拠だものね」

それでも、この人が杏実をうとましく思っているのは杏実が女だから。

それに、おれが他の男友達よりも、杏実と親しくしているのを知っているからだ。

「だけど加藤さんは別。学校では、みんなに付き合ってい

ると思われているようね。天沢家の息子が一般の子と付き

合うなんて、嘘だとしてもとんでもないことよ！」

　笑顔を保つにも限界がきて、おもむろに席を立つ。

　一瞬でも気を抜けば手が出そうだった。

　軽々しく語るな。

　お前に杏実のなにがわかるんだ。

　一般の子だとか一纏めに考えやがって。

　──杏実は、誰よりも特別なのに……。

「ごめんね。僕の交友関係には、あんまり口を出してほし

くないかな〜」

　最後に貼りつけた笑顔で、そう返すのが精一杯だった。

　扉を閉めると、奥のほうからヒステリーな声が聞こえて

くる。

　無視して階段をあがる。

　自室に入った瞬間、そばにあった置き物を思いっきり蹴

り飛ばした。

「ふざけやがってくそが！」

　次に杏実と縁を切れと言われたら、おれはなにをするか

自分でもわからない。

　杏実と離れるのを想像するだけで目眩がした。

　そのままベッドに倒れ込めば、出会った頃の思い出が

ゆっくりとよみがえる。

　そういえば、杏実と最初に話したのは、保健室のベッド

の上だった。

　高熱が出て、それでも家にいる方が苦痛だから、無理や

り学校に行った。

　保健室で休んでるときに、今日みたいに母親から電話がかかってきて……。

　熱のせいもあっていつも以上に気が触れて、"素"のおれのまま、中城に当たっていたところを、偶然、杏実に目撃されたんだった……。

　ありとあらゆる暴言を数分間吐き続けたあと、ふと顔をあげた先で杏実と目が合ったんだ。

　中城以外の人間に、素のおれを見られたのは初めてだった。

『中城、この子とふたりで話したいから出ていって』

　真っ先に考えたのは、どうやって加藤杏実の口を封じるかということ。

　脅すのもいいし、金でもいい。

　とりあえず一番この女が飲みそうな条件を提案してやろうと思った。

　そんな汚い考えを一瞬で吹き飛ばされることになるなんて、予想もしてなかった。

『あ、ごめんね！　通りかかっただけなんだけど、喧嘩だったらやばいかもって、中に入ってきちゃって。違くてよかったよ〜』

　普段のおれとは明らかに違う姿を見たくせに、いまいち動揺する様子もなく。

『……あんた、驚かないの？』

『いや驚いたよ！　天沢くんってああいうドスのきいた大

きな声も出せるんだね～』

『はあ、そこ？』

『うちのお姉ちゃんも、生理前とかに情緒が不安定になる
と時々ああやって暴れてるんだよね！　人間って情緒保つ
の大変だろうし、たまには発散していいと思うよ！　中城
くんに八つ当たりするのはよくないと思うけど……。でも
信頼関係があるから言えることでもあるよね、そういう友
達って憧れる！』

　嫌味もなく、笑顔でそんなことを言われて。

　自分も人間のくせに達観（たっかん）したようなこと言うのもおかし
かったし、しかも生理前のおねーちゃんに重ねられて、意
味わかんねー、なんだこいつ、と思ったけど。

『あははは、あんたやばいね』

　気づいたら声を出して笑ってた。

　あんなの初めてだった。

　──加藤杏実。

　あの子のために家を捨てたいと、何度思ったかわからな
いくらい……世界で一番大事な女の子。

夕焼けに染まる心

　いよいよ、明後日がダブルデートだ……！

　というところまできた、金曜日の放課後。

　まりやちゃんと校門を出たあとに、課題で使う英語のテキストを教室に忘れてることに気づいた。

　月曜日の朝一からがんばれば間に合うかな……。

　いやでも、不安要素のあるまま迎える休日はちょっと嫌かも。

「ごめんまりやちゃん。やっぱり取りに戻るね！」

「私も行こうか？」

「ううん大丈夫、先に帰ってて！　それじゃあまた日曜日！」

　来た道を駆け足で戻る。

　課題の範囲、けっこう広かった記憶がある。

　月曜の朝から解いたってきっと間に合わない。

　答えを見るのも手ではあるけど、英語の成績がよくないわたしが、まんべんなく正解なんてしてたら、先生に怪しまれること間違いなし。

　自分のためにも、家でまじめにがんばろう……。

　息を弾ませながら校舎の階段を駆けのぼった。

　廊下にひと気はない。

　ちょっと怖いくらいに静かだった。

　金曜日は特に、部活がない生徒はさっさと帰っちゃうか

らなあ……。

　ふう、と息を吐いて教室の扉に手をかける。

　ガラガラ……、とスライドさせた直後。

「……！」

　息が止まりそうになった。

　だって、教室に生徒がひとり、座ってたから。

　窓側の席。

　頬杖をついて、外を眺めている男の子がいる。

　差し込む夕陽が逆光になって、顔ははっきり見えないのに雰囲気で誰だかわかってしまう。

　誰にも真似できない、唯一無二の高貴なオーラ。

　圧倒的で、だけど、どこか儚い……。

「走るの速いね、かとーあみちゃん」

　くす、と笑いを含んだその声に、わたしの心臓はいとも簡単に反応する。

「っえ、う、ていうか、まだ残ってたの、本領くん」

「帰ろーと思ったんだけどね。景色眺めてたら、なんか必死に走ってくるかとーあみちゃんが見えて」

「ひっ、見てたんですか」

「転ばないかひやひやした」

「っ、そんなしょっちゅう転んでるわけじゃないよ……？」

「そう、ならよかった。まあそれで、おおかた、忘れ物でもしたのかなあと」

　あ、合ってる……。

「わざわざ戻ってくるってことは、かとーあみちゃんの苦

手な英語の課題かなあとか」

「っっ！　なんでわかるの……」

「あはは、合ってたんだ。この辺はカンだったんだけど」

「本領くん、千里眼の使い手かなにか……？」

「だったらいいのにね」

　相変わらず逆光で表情がよく見えない。

　かろうじてわかるのは、口元が楽しげに笑っていること
くらい。

　近づきたいけど、これ以上近くに行ったら心臓が暴れ
狂っちゃいそう。

　ここは、テキストを取ってサッと帰るべし……。

　体ごと背けて自分の席に向かう。

　だけど焦ってたせいか、テキストを引き抜いた勢いで、
机の中で雪崩が起きて。

「っあ，」

　プリント類を大量に挟んだクリアファイルまで飛び出し
てきてしまった。

　あっと思ったときにはすでに遅くて、ファイルから飛び
出てバラバラ散乱していくプリントたちを呆然と眺める始
末。

　や、やっちゃった……。

　本領くんの目の前で……。

　恥ずかしい。

　ずぼらって思われたかも。

　本領くん、さぞ呆れて……。

　そんなとき、固まっているわたしの眼下に、すっと影が映り込んだ。

　かがみ込んで、わたしがぶちまけたプリントたちを手際よく拾っていく本領くん。

「なっ！　ええと、ごめ……！」

　天下の本領くんを跪かせてしまったっていう焦りと。

　まさか拾ってくれるとは思ってなかったとまどいと。

　ぜんぶ合わさってパニックになる。

　結局、わたしが拾ったのは５枚くらい。

　あんなに散乱してたプリントを、ものの数秒で集めてしまった本領くんは、机の上でトン、と揃えて差し出してきた。

「あ、ありがとう……」

　にこ、と柔らかい笑顔を返されて、今度こそ心臓がもたないと思った。

　夕陽が差してて助かった。

　今絶対顔が赤いもん。

　これ以上かき乱さないでほしいのに……。

　そんなことを思う時点で手遅れだって。

　夕陽に照らされる横顔を見て──気づいてしまった。

冷たい水

「ねえ杏実ちゃん。あのふたりいい感じだし、そろそろオレたち抜けよっか」

　——日曜日。

　佐々木くんとまりやちゃんの仲を縮めるために協力したダブルデート。

　いい雰囲気なってきたふたりを横目に、うんと頷く。

「ふたりうまくいきそうでよかったね。じゃあ、お疲れさまでした！」

　もう役目は果たした。

　わたしのお相手——佐々木くんの友達に、手をあげて回れ右をする。

　……つもりが。

「待って待って、どこ行くの？」

「へ？　家に帰るんでしょ？」

「せっかくのダブルデートじゃん。オレたちはオレたちで続きを楽しもうよ」

「んえ……」

　たしかにダブルデートっていう体ではあったけども。

　わたしたちは、ふたりをくっつけるだけのお仕事だったはずで……。

「わたしたちはそういう仲じゃないし……」

「堅いこと言わないのー。ちょっとカフェにでも寄るだけ

でも、ね？」

「んん……それくらいなら」

「それにオレもSol派だから問題ないっしょ」

　べつに派閥は関係ないんだけどなあ。

　引き下がってくれる様子もないから、渋々頷くことにした。

　渋る理由はひとつだけ。

　雪くんにちょっとだけ後ろめたいから。

　まあでも、クラスメイトとしての付き合いで行くだけだから大丈夫かも……。

　そんなこんなで、某チェーン店のカフェに入って、新作のラテを奢ってもらって。

　なんとなくその場の流れで、家まで送ってもらうことになってしまった。

「新作うまかったね！　オレ次はグランデにしよ」

「あははっ、そんなに気に入ったの？」

　他愛もない話をしながら帰路についた。

　電車を降りて、家まで約15分の道のりをだらだら歩いて。

　自宅まであと数百メートルというところまで来たときに──事件は起きた。

　ううん、事件と言うにはまだ早い。

　角を曲がった瞬間に、うちの玄関の前に人が立ってるのが見えたというだけ。

　他人とは違う圧倒的なオーラで、遠目から見てもそれが

天沢雪くんだとわかっただけ。

　──それだけのことなのに。

「？　杏実ちゃんどうしたの固まって」

　背中がすうっと冷えた。

　ぞくぞくと這いあがる寒気。

　春なのにおかしい。

　動悸（どうき）が激しくなって前にも後ろにも進めない。

「あ、あの……送ってくれてありがとう、ここまでで大丈夫だよ」

「いやいや、オレもこっちなんだって。門の前まで一緒に行くよ」

「でも！　ええと、」

　早く立ち去った方がいいよ。

　危ないから……あなたの身が。

　雪くんは他人の前では仮面を外さない。

　だけど例外もある。

　わたしと出会った日みたいに、高熱のせいで理性が崩れかけてしまったときとか。

　雪くんの正気を揺るがす、"なにか"が起こってしまったときとか。

「あれ、あそこに立ってるのって……もしかして雪くん!?」

　わたしの視線をたどった相手が、ようやく雪くんの存在に気づいた。

　気づいて……しまった！

「うわーっナイスタイミング！　オレ雪くんにいつか挨拶

したいと思ってたんだよね！」

　怯むどころか、目をキラキラさせて駆け寄っていく。

　そりゃあ、そうだよね。

　学校での雪くんしか知らないもんね。

　いつも太陽みたいに明るい笑顔で、みんなに優しくて、のんびりな喋り方の雪くんこそ、天沢雪だと誰もが信じて疑わないもんね……！

「雪くんちわーっす！」

　固まるわたしを置いて、陽気に声をかける彼。

　同じクラスになれて嬉しい、よかったらこれからも仲良くしてほしい、みたいな会話が途切れ途切れに聞こえてくる。

　はらはら、はらはら。

　ここから見る限り、雪くんはちゃんと笑顔を保ててるみたい……。

　怒ってないのかな？

　よかった……。

　次第に悪寒もおさまってきて、ふたりのそばにそろりそろりと歩み寄った。

「──それじゃ、オレはこれで！　じゃあまたね雪くん！」

「うんっ、気をつけて帰ってね〜」

　上機嫌に去っていくクラスメイトくんに、いつもとなんら変わらない笑顔で応える雪くん。

　いたって普通だ……。

「杏実ちゃんも今日はありがとうね！　また明日！」

「っあ、こちらこそ。ラテも奢ってくれてありがとう！　またねっ」

　手を振って見送る。

　相手が背中を向けても、雪くんは笑顔。

　大丈夫そう。

　どうやら取り越し苦労だったみたい……。

　心の底からホッとした。

　そうだよね。

　いくら独占欲魔神とはいえ、雪くんだってもう高校2年生だし。

　わたしが男の子と遊んだとしても、そんなのいちいち気にしない……。

「──で。　あの男となにしてた。3秒以内に答えろ」

　わけ、なかった。

　クラスメイトくんの背中が角に消えていった瞬間に牙をむく。

「っ、ただ送ってもらっただけで」

「まりやとかいう女とふたりで遊ぶって言ってたの、あれ嘘？」

「ご、ごめん！　まりやちゃんとお近づきになりたい男の子がいて、でもいきなりは気まずいからお手伝いでわたしたちも一緒にダブルデートみたいな……！」

「経緯とかどうでもいーんだよ。おれに嘘ついたのか、ついてないのかって話をしてんの」

　これはホンモノの雪くんの中でも、やばいときの雪くん

だ。

　目が据わってる……！

「ごめ、なさ……嘘つきました。雪くんに言ったら止められると思って」

「おれが止めるってわかってることを、お前は平気でやる、と」

「っ、まりやちゃんといい感じだったから、少しでもふたりのためになればと思って…」

「おれが言い訳を聞きたいとでも思ってんの？」

　……うう、だめだ。

　もうなにを言ってもだめ。

　ぜんぶ、判断を間違えたわたしが悪い。

　雪くんは天沢家の息子として、周りと区別されて育てられてきた。

　親しくする人も制限されて、嫌なことも嫌と言えずに我慢して……。

　いつだって孤独だったから、"自分のもの"を、ひとつでも失うことを、極端におそれてる。

　だからって、ここまでわたしの行動を制限するのはやっぱり行きすぎてる。

　それでも、逆らったらなにをされるかわからないという恐怖が根底にあるせいで、ただ謝って、うなだれるしか術がないんだ……。

「ほんとに……ごめんね」

　ぽつりとこぼしたのと同時に、ぽたっと鼻先に雫が落ちて

きた。

　なにかと思えば雨。

　見上げているうちにざああっと勢いを増して降ってくる。

「くそ、大事な話してるときに」

　腕を強く引かれた。

「っ、雪くんいたい、」

「謝る気があるなら来い。ちゃんと、おれにわからせろ」

「え……？」

　ぐいぐい腕を引かれながら路地を進めば、やがて黒塗りの高級車が現れた。

　見慣れた、雪くんちのお迎えの車……。

　問答無用で押し込まれて、バタンとドアが閉まる。

　シートベルトなんてつける暇もない。

　そのまま肩を掴まれて身動きがとれなくなった。

「雪く、」

「他の男なんか見るな」

「え……」

「どこにも行くな！　なんでおれじゃだめなんだよ……っ」

　目の前に影が落ちる。

　近い距離からさらに引き寄せられて。

　瞬間、頭をよぎったのは本領くんの顔。

「や……やめて」

　重なりそうだった唇を寸前のところで避けた。

　気に食わなかったらしい雪くんが、いらついたみたいに

ゴン！　と車の窓をたたく。

　もしこの手が窓じゃなくわたしに向いていたら……と思うとぞくっと寒気がした。

「怖いよ……雪くん」

　同時に、ぽたっと涙が落っこちた。

「……っ——」

　雪くんは、はっとしたように手を離して。

「杏実……、」

　タイヤの摩擦音すら聞こえない静かすぎる車内で、雪くんの低い声が響いた。

「怖がらせた……悪い」

「…………」

「今お前に優しくできねー……降りろ」

　運転席に向かって雪くんが「停めろ」と指示を出した。

「雪様。外は雨ですよ」

「いいから停めろって言ってんだろ！」

　少しためらうような間を経て、車が静かに停まる気配がする。

　外は雨。

　傘も持たないわたしは、濡れて帰るしかなかった。

温かい手

　月曜日。
「ふえ……っ、ぐしゅ」
　朝からもう何度目かわからないくしゃみに襲われながら
家を出た。
　額のあたりにぼんやりと熱がこもって、視界も心なしか
ぐるぐるしてる。
　これって……風邪？
　小さい頃からむだに健康優良児だったわたしは、この独
特の気だるさに慣れてないから、ちょっとの熱でもだいぶ
しんどく感じてしまう。
　昨日、帰ってからしばらく呆然としていて、さっさと着
替えなかったのがいけなかった。
　雪くんのことを考えすぎて、寝不足が祟ったのもあるか
も……。
　学校を休むほどでもないし、我慢我慢……。
「杏実〜、昨日はよくもしれっと帰ったな！」
　教室に入るなり、まりやちゃんからお声がかかった。
「ごめんごめん。でも佐々木くんとうまくいったんで
しょ？」
「おかげさまでね〜。杏実たちは、私たちを撒いたあとす
ぐ帰ったの？」
「う……ん、まあ。ちょっと寄り道してすぐ帰ったよ。雪

くんにも悪いし……」

「あはは、雪くんって意外とそういうの気にするタイプなの？　可愛い〜」

　世界中の誰よりも気にするタイプだよ！

　可愛いのレベルを超越してるよ！

「ね、また今度４人で遊ぼうよ。佐々木くんとも話してたんだ〜」

「えっっ……それはちょっと」

　だめだめ。

　もう二度と同じ過ちを繰り返してはならぬ。

「えっなんで？　４人で遊ぶの楽しかったじゃん」

「楽しかった……っけど、まりやちゃんと佐々木くんの邪魔になると思うし」

「いやいや、みんなで遊ぶのとデートはまた別だって」

「ご、ごめん！　わたし雪くんと約束してて、雪くん以外の男の子とは遊ばないって決めてるから……っ」

　なんとかして断らなくちゃと焦って、つい大きな声が出てしまった。

　近くにいたクラスメイトの視線が集まるのを感じて、顔がじんわり熱くなる。

「あははっ、杏実ほんとに可愛い〜。雪くんのこと大好きじゃん」

　みんなから逃れるようにななめ後ろを向けば、意図せず、とある人物と目が合った。

　──よりによって、本領墨くん。

　じっと見つめられて、1秒、2秒、3秒。

　冷たくもあったかくもない瞳。

　睨むでも微笑むでもなく、なにを思ってるのか全然わからない。

　どうして逸らさないの？

　ていうかわたしも……どうして逸らせないの？

　今のわたしの発言は、惣気にしか聞こえなかっただろうな……。

　うざいって思われたかな。

　いやいや、べつにどう思われててもいいんだけど……。

「──加藤様」

「ひっ!?」

　名前を呼ばれて我に返るまで、わたしの世界はたしかに本領くんと一直線に繋がれてた。

　クラスの喧騒もそっちのけで、すぐ近くにいるまりやちゃんのことすら見えていないような。

「中城くん、お、おはよ……」

　いつの間にかすぐそばに立っていた人物。相変わらずの能面で気配もない。

「雪様は、本日は家庭のご都合で学校はお休みなさるとのことです」

「あ、そうなんだね……」

　わざわざそれだけを伝えに来てくれたらしい。

　そそくさと回れ右をする中城くんを、なんとなく引き止めた。

「ちょっと待って、」

「なんでしょう」

「えと、雪くんあれから……大丈夫？」

　昨日車を追いだされてから、まだ顔を合わせてない。

「大丈夫、とは？」

「ううんと……情緒？　なんか昨日は特に思いつめてるみたいだったから」

「……、加藤様が心配するようなことはなにもありません」

「わたしは関係ないってこと？　明らかにいつもよりおかしかったじゃん」

　さてはなにか知ってるな。

　グイッと詰め寄った。

「お願い、教えて」

「いいえ」

「いいえってなに、中城くんって時々文脈おかしいよ」

「…………」

　じっと見上げれていれば、能面が少しだけ崩れて、眉毛はハの字、どうしてかほっぺたがほんのり赤く染まる。

「……困ります」

「え？　いや、教えてくれないとわたしも困るんだけど」

「そうではなく。安易に異性に触れるのはおやめください」

「へ……あ」

　無意識に制服の裾を掴んでたことに、はたと気づく。

　とっさに手を離した。

　いけない、普通に友達と話すような感覚で接してたから、

つい……！

　肌に直接触れたわけでもないけど、礼儀作法をわきまえてる中城くんからしたら、はしたなく映るのかも……。

「ごめんねっ、軽々しくて嫌だったよね」

「いいえ」

「雪くんの友達として、マナーとかもちゃんと勉強するね」

　わたしといるせいで、雪くんの品格が下がったら最悪だし……。

　うなだれるわたしを見ながら、中城くんはふいに言葉を続けた。

「雪様は実は昨日、見合いの帰りに加藤様の家に立ち寄られたのです」

「っ、え。お見合いって……」

「本日も、その関係で学校をお休みなさっています」

「……その人と結婚するってこと？」

「……話しすぎました。忘れてください」

　え、えええぇ！

　急展開。

　まだ高校２年生でお見合いって、さすがご令息はやることが違う。

　なるほど、雪くんがおかしかったのってお見合いが原因なのか。

　雪くんは人間不信だから、新しく親しい関係を築くのって苦手なんだよね……。

　それが将来のお嫁さんになるかもしれない人ならなおさ

ら。

「大変だね雪くんも……って、あれ？」

　顔をあげたときには、中城くんはすでにいなかった。

　気を遣ってか少し離れた場所で聞いていたまりやちゃんがやってくる。

「杏実って、従者の方とも仲いいんだね」

「従者って……。いや仲良くはないよ、全然喋ってくれないし。今日は雪くんがお休みだって伝えに来てくれただけ」

「えええ休みなの？　風邪とか？」

「う、うん。そんな感じみたい」

　風邪なのはわたし。お見合いだなんてみんなに言えるわけないしね。

　自分の席に向かおうとしたら、またちょっと足元がふらついた。

　今日、体育なくてよかった、あ……。

「まりちゃああああん！　おはよお〜〜！」

　突き抜けるくらい元気な声が後ろから飛んできたかと思えば、ダブルデートをもちかけてきた佐々木くん。

　まりやちゃんが犬系って言ってたのがよくわかる。

　きらっきらな笑顔で脇目も振らずにまりやちゃんの元へ駆け寄ってくる姿はまさにそう。

　あるはずもない尻尾まで見える。

　ていうか、たった昨日まで"まりやサン"呼びだったのに……！

「さーくん〜おはようっ」

　さーくん!?

　まりやちゃんまでいつの間に!

　まりやちゃん、すっかりゾッコンみたい。

　幸せそうだなあ……。

　すぐ近くにいるふたりのこと、なんか別世界の住人に思えてきた。

「そうだ、まりちゃん。オレすげえいいカフェ知ってるんだけど放課後は混むから、今日の午後から授業抜けて一緒に行かない?」

「えっ、さーくん見た目によらず不良だ〜。でも楽しそう、いいよ!」

　ふたりの周りに、ぶわああって ハートが舞ってる。

　ラブなオーラ全開で、本当の恋人同士ってやっぱりすごいんだなあと、しみじみ。

　とても入り込める空気じゃなくて、そっと自分の席まで移動した。

　ううう……やっぱり頭が重い。

　寒気も、するようなしないような。

　それから、キーンコーンとホームルームの予鈴が鳴るまで、ずっと机に顔を伏せて過ごした。

「杏実、次移動教室だよ〜」

　ぼんやりしてたら、いつの間にか1限目が終わってて、教科書を持ったまりやちゃんの隣には、当然のように佐々木くんがいた。

「あ……っと、わたし自販機で飲み物買っていくから、ふ

たりは先に行ってて！」

「そう？　わかった、じゃあ先に席取っとくね」

「ごめんね、お願い！」

　まりやちゃんたちが教室を出ていったのを確認して、わたしも急いで準備をする。

　まずいかも……寒気がひどくなってきた。

　ぞくぞく、ぞくぞく、背筋が嫌な感じ。

　なんかあったかいもの飲んだらちょっとは楽になるかも。

　そう思って、カバンから財布を探すけど……。

「うっ、あれ？　ない……」

　そういえば、昨日遊びに行ったバッグに入れっぱなしだった……！

　どうしよう。

　温かい飲み物のカンカンなら、授業中のカイロ代わりにもなるかなって思ったのに……。

　しょうがないから、教科書とペンケースだけ持って、とぼとぼと教室を出る。

　わたしの前には、同じクラスの男の子が４人並んで歩いていた。

「くそー！　本領くんと同じクラスになれたのに、全然話せてねえ～～」

「オレもオレも。クラス替え見たとき真っ先に挨拶しようと思ってたのに、いざとなるとなんか声かけられないっつーか」

「休み時間のたびにチャンス窺ってるけどさ、大抵いつも幹部の敷島くんが隣にいるんだよね」

　わたしは雪くんといることが多いせいか、敵対派閥である本領くんの話を身近で聞く機会があまりない。

　なんか新鮮だ……。

「雪くんは穏やかであんなに話しやすいのにさ～。本領くん、群れるの嫌いそうだよな」

「けどそこがかっこいいんじゃん？」

「わかる～」

　たしかに、大勢で行動するタイプじゃなさそう。

　グループで歩いてるのも見かけたことはあるけど、本領くんが連れて歩いてるんじゃなくて、周りが本領くんについて回ってるような感じだった。

「オレLunaに入んのが１年のときからの夢なんだよねー」

「お前じゃ無理だって。幹部どころか、下っ端ですらかなり厳選されたメンツらしいぞ」

「まじか。なんかいいツテねぇかなあ～。たとえば、本領くんと親しいやつとまず親しくなるとかさ」

「本領くんと親しいやつはそもそも全員Lunaの幹部だろ」

「だよなあ。はあ～、つけ入る隙がねえ」

　すごい。

　噂どおり、男の子にも絶大な人気だ。

　本領くんが話しかけにくいのはなんとなくわかる。

　極悪人っていう不穏な噂のせいでもあるだろうけど、本領くんの周りだけマイナス５度くらい低く感じるの。

　でも話してみたら意外に話しやすい人だったような。

「雪くんみたいに公認の彼女がいたら、もっととっつきやすくなると思わん？」

　ぎくっとした。

　まさか自分に関する話題になるとは思わなかった。

「それはある！　雪くんのこと初めて見たとき、すげー綺麗すぎて怖かったんだけど、そばに加藤さんが来た瞬間、雰囲気やわらかくなって見えたもん」

「実際本人も明るい性格だったし好感度あがったわ。いいよな〜ゆきあみ。幸せそうで」

　まりやちゃんが言ってたこと、本当だった……！

　"ゆきあみ"

　実際に呼ばれてるのを聞いたら、顔がボッと火がついたみたいに熱くなる。

　すぐ後ろにわたしがいることに気づかれたらまずいのに、

「そういえば、本領くんてまじで彼女いないのかな」

　……気になる話題が出てきて、つい耳を傾けてしまう。

「特定の彼女はいないんじゃね。女遊び相当ひどいって聞いた」

「まあ、あの顔ならな」

「めちゃくちゃ目肥えてんだろうなー。そのへんの美女くらいじゃ見向きもしなそう」

「わかる。同級生とか相手にしなさそう！　似合うの年上だよな〜年上」

　言いたいことはなんとなくわかる。

　本領くんと並んでお似合いなのは、それこそ絶世の美女！と胸を張って言えるレベルの人だと思う。

　ただ……本人は、ずっと片想いしてるって言ってたなあ。

　立場の違いで、絶対に叶わないとか……。

　とうとう目的の教室が見えてきたとき、ふと、前のグループの男の子たちの会話と、本領くんの話が繋がった気がした。

　同級生とか相手にしなさそう。

　似合うのは年上。

　立場の違い……。

　本領くんに保健室で手当てをしてもらった日。

　──いたじゃん。

　条件にぴったり当てはまる人が……！

　立場の違い。

　つまり、先生と生徒という禁断。

　絶対叶わないのは、先生は、２次元に旦那さんが５人くらいいるから（アウトオブ３次元）。

　なんで……あの日気づかなかったんだろう。

　たしかに先生と生徒だったら難しいかも。

　みんなに公表もできないし……。

　卒業したら問題ないかもしれないけど、本領くんの家柄的にも厳しそう……。

　ようやくわかってすっきりしたはずなのに、なんとなく胸の内がぼんやりと晴れない。

ずきずき、胸も痛いような……。

やっぱ体調のせい……？

なんて、自分でももう、ごまかせそうにない。

今、間違いなくショックを受けてる。

本領くんの笑顔とか、優しさとか。

わたしに向けてくれたものはぜんぶ、べつに"特別"じゃ なかったんだって……。

よく考えれば当たり前だよね。

16年とちょっとしか生きてないわたしが、大人の女性 に勝てるわけないもん。

うっかり涙が出そうになって唇を噛む。

嫌だな、好きになっちゃだめなのに、どんどん好きになっ ちゃう。

本領くんは噂とは違って本当は優しい人。

みんなに知ってほしいと思う反面、それはわたしだけが 知っていたいとか、矛盾した考えまで浮かんでくる。

本領くんの優しさ以前に、身の程を知った方がいいよ、 わたし。

まりやちゃんたちに心配はかけられないし、我慢するし かない。

言い聞かせて、教室の扉に手をかけたときだった。

「──へーき？」

すぐ後ろから飛んできたのは、聞き覚えのある声。

どきっとする。

影が足元にかかって、反射的に顔をあげるけど、相手は

わたしのことなんか見てなくて……。

　……空耳？

　彼は、まっすぐに前を見つめたまま、わたしをスッと追い越して教室に入っていく。

「あんまり無理しちゃだめだよ」

　教室の喧騒にまぎれて、その言葉はたしかに届いた。

＊　＊　＊

「じゃあ、今からさーくんとカフェ行ってきまーす！　杏実も来る!?」

「えへへ遠慮しときます。楽しんできて〜」

　まりやちゃんたちは昼休みが始まると同時に荷物をまとめて、楽しそうに教室を出ていった。

　よし、隠し通せた……。

　もし気づかれてふたりのデートに支障をきたしちゃったらどうしよう、っていう不安からやっと解放された。

　まりやちゃんは優しいから、体調悪いわたしをひとりにしないように「デートはまた今度」とか言いそうなんだもん。

　気を張ってたぶん、ふたりがいなくなった途端、いっきに体から力が抜けてしまった。

　ぐわーって感じのだるさ。食欲もない。

　体の警報サインに従って机に突っ伏せば、なにかに飲み込まれるみたいに下へ下へと落ちていく感覚がした。

　昼休みのあいだだけでも休めば、ちょっとは回復するかもしれない。

　まりやちゃんの分もちゃんとノート取らなきゃいけないし……。

　そういえば、今日は珍しく雪くんから連絡がない……。

　昨日のことまだ気にしてるのかな。

　それともお見合いで連絡どころじゃないとか……？

　どっちにしろ無理してないといいんだけど……。

　なんて考える気力も、すぐに失われてしまう。

　真っ暗闇の中で、ぷつ、と意識が途切れたのがわかった。

＊　＊　＊

　——コーン、……カーン、コーン……。

　眠りの世界から引きあげてくれたのは、のんびりとしたチャイムの音だった。

　うちの学校のチャイムはボリュームが大きくて、耳障りだなあと思うこともしばしば。

　今日だけは……助かりました。

　寝過ごしたまま授業に入っちゃったら恥ずかしいしね！

　よし、あと半日がんばるぞ！

　と、気合だけは十分だったのに。

　上半身を起こそうと力を入れてみても、体が言うことをきかない。

　うっ、鉛のような重さ……。

なにかに乗っ取られてるみたい……。

それでもなんとか顔をあげたところで、次の絶望。

「5限目ここじゃなくて情報室でやるんだって！」

「まじ？　早く行かなきゃじゃん……！」

嘘でしょ！

情報室は棟もふたつ離れてるし、階段も登らなきゃだし、言うなら教室から一番遠い。

わたしに歩けというの……この状態で……。

「担当の先生厳しいらしいよ。テストめちゃくちゃむずくて、1回でも授業休んだら終わりだってさ」

一瞬、保健室に行くことも考えたけど、聞いてしまったからには無理だ。

はあ……がんばらなきゃ。

結局なにも食べてない。

温かい飲み物すら買えなかったし、エネルギーというエネルギーが根こそぎ失われた感じがする。

そうこうしてるうちにも、みんなは次々に教室を出ていってしまう。

がらんとした教室に取り残されて、焦りながら教科書類を準備した。

始まるまであと5分もない。

間に合うかな……？

席を立ったらぐらぐら、歩いたらもっとぐらぐら。

三半規管、踊り狂ってるのでは？

教室の電気をパチッと落として、教室から1歩踏みだし

た。

　次の瞬間。

「──っ！」

　目に飛び込んできたのは、扉に寄りかかったひとりの人物。

「ほんりょー……くん？」

　どれだけ視界がぐらぐらしててわかる。

　彼を形どる綺麗な線と禍々しいくらいの圧倒的オーラは唯一無二で、間違えようがない。

　扉の前に立ってなにしてるの……？

「えと……早く行かないと授業始まるよ？」

「どうせ間に合わないから大丈夫」

「でも、走ったら間に合うかも、」

「無理だよ。だって、情報室着く前に、かとーあみちゃん倒れちゃうから」

　本領くんに焦点が合ったり、ぼやけたり。

　繰り返したあと、４回目のぼやけるターンで、ついに戻らなくなってしまった。

　ゆらゆら揺れる視界の中で、だんだんと重力に逆らえなくなっていく。

　ぐら、と今までで一番大きな目眩がした。

「……おっと」

　膝から崩れ落ちたはずなのにいつまで経っても衝撃が襲ってこないのは、本領くんが抱きとめてくれたから。

「かとーあみちゃんって、ほんと……倒れるの大好きだよ

ね」

　皮肉が優しく聞こえるって……おかしい。

「あんまり無理するなって言ったのに」

　移動教室のときのあれ……やっぱり聞き間違いじゃな
かったんだ。

「ちゃんとベッドで休みな。保健室まで歩ける？」

　踏んばってみるけど、ふにゃふにゃってなって、とても
無理。

「……歩けない……今、手離されたら、倒れちゃう……」

「離したらだめ？」

「うん……」

「そっか、わかった。素直で可愛いね」

　みんなから極悪人って言われてるのに。

　関わっちゃだめだって、最初に会ったときに思ったのに。

　自分も授業に出れなくなっちゃうのに、どうして？

　わたしが離さないでって言ったら、ほんとうに、しっか
り離さないでくれる。

　ぎゅって握ってくれる。

　大丈夫だよって……抱きしめるみたいに。

　ぐったりしてろくに頭も回らないのに、心臓だけはしっ
かりと反応した。

　どく、どく、どく……。

　この前と同じ……もしかしたらそれよりも速いかもしれ
ない速度で響く。

　わたしよりも温度の低い手が、すごくあったかかった。

試される理性

「38度７分、だってさ。ほら見える？」

　体温計を差し出されて、こくりと頷く。

　わたしとしてはなじみのない数字。

　せいぜい37度台だと思ってけど、そんなに高かったんだ……。

「付き添ってくれて、ほんとにありがとう……ございました」

　お礼には応えずに、本領くんは静かにベッドに腰をおろした。

「あの……わたしが体調悪いの、なんで気づいたの……？」

「ずっと見てたしそのくらいわかる」

「っ、え……」

「敵の女が近くにいたら見るに決まってる。天沢の唯一の弱点はお前だからね」

　"お前"……。

　優しかったはずの声が急に冷たく聞こえた。

「言ったろ。ずっと前から目つけてた、って。俺、中学のときからお前のこと知ってるよ」

　瞳が綺麗な弧を描く。

　煽るような表情だった。

「呆れるほど危機感ないよね。天沢に大事に守られすぎて鈍ったんだろうけど……」

薄笑い。

よく似合う……悪い顔。

もしかしてわたし、また……選択肢間違った？

「天沢は不在。ターゲットは熱で弱って抵抗する力もない。ね、絶好の機会だってわかるでしょ？」

間違ってたとしても、本領くんの言うとおり体は動かない。

中城くんの言葉を思い出す。

本領くんがわたしに近づくのは、雪くんを陥（おとしい）れるために利用しようとしてるから。

優しくしてくれてたのは、油断させるため？

それ以外に理由なんてあるわけない。

本人も言ってたじゃん。

わたしのことが憎い……って。

ほんとに馬鹿なのかも。

頭のどこかではちゃんとわかってた。

本領くんは敵だから気を許したらだめだって。

でも、わかってても嬉しかったんだ。

助けてくれたとき、心臓がぎゅ……っとなって、泣きそうになるくらい、嬉しかったんだもん……。

「天沢のとこに帰れなくしてあげる」

するっと外したそれを、わたしに見せつけた彼が不敵に笑う。

「このネクタイ、なにに使うか知りたい？」

陥れられたんだとしても、今からひどいことをされるん

だとしても、いいや……って思っちゃうのは。

　熱で判断力が鈍ってるから？

　圧倒的な力を前にして、諦めるしかないと本能が理解してるから？

　相手が……本領墨くんだから。

「…………」

　抵抗の声をあげる力すらもう残ってなかった。

　降参。白旗をあげる。

　騙されたこっちが悪い。

　遅かれ早かれこうなる運命だった気えさえしてきた。

　驚いた顔をしたのも一瞬だけ。

　ためらいもなくわたしの制服に手がかけられた。

「ほんのちょっと手荒だけどすぐ終わるのと、優しいけどじっくり時間かけて……、されるの……どっちがいい？」

　本気でわたしをどうにかしたいなら、いっそ無慈悲に全振りして扱ってくれた方がまだマシ。

　余計なことを考える隙を与えないでほしい。

　優しくされると、また信じちゃいそうになるから……。

　優しくしないで、ほしいのに……。

　抵抗できないのは、本当に熱のせい？

　相手が本領くんだからじゃないの？

　いくら気のせいだと言い聞かせても、こう何度もどきどきしちゃうのは、この人が好きだからじゃないの……？

　天下の大悪党なのに、わたしはおかしいのかもしれない。

　ブラウスがはら……とはだける。

「や……ぅ」

　とっさに隠そうと手で覆ってもあっさり引き離された。

「なにその反応。初めてでもあるまいし……」

　かああっと顔に熱が集中する。

　恥ずかしさからか恐怖からかわからない涙がぽろりとこぼれた。

「──え？」

　数秒間、本領くんの動きが止まる。

　面食らったように目を丸くして……。

「いやうそでしょ、違うよね、かとーあみちゃん」

「えっ……えっ、と……」

　ただでさえ熱がこもってぐらぐらしてる頭、もはやパンクして、プシュゥ……と抜けていきそう。

　なにが初めてなのか……。

「い、言わなきゃだめ……？」

　あれ……どうしよう、本領くんまた止まっちゃった。

「大事にされすぎ……」

　うつむいた影で表情が見えなくなった。

　かと思えば、

「──わっ？」

　ぐらり、と傾いた体が倒れてくる……。

　おわわっ!?

「本領くん……っ？」

　ベッドの上で必然的に抱きとめる形になる。

　衝撃に備えてぎゅっと目をつぶったけど、自分でも力は

入れてるらしく押し潰されることはなかった。

　どうしたの……？

　わたしのこと押し倒して、どうにかしようとしてたんじゃ……？

「もしかして本領くんも体調悪い？」

「体はへーき」

「そう……？」

　それでも本領くんはうなだれたまま。

「本領くんあの、」

「そっか……初めてならなおさら都合がいいな」

「え……」

「俺のこと、一生恨み続ければいーよ」

　伸びてきた指先が喉元に触れる。

　なぞるようにすー……っと縦に移動して、びくっとなった。

　わたしが抱きとめてたはずなのに、いつの間にか組み敷かれていて。

「やっぱ肌あついね、かとーあみちゃん」

「ふ、ぁ……」

「首撫でただけなのに。こんなんで反応するとか、素質あるんじゃない？」

「っ、や、違うぅ……。本領くんの指が冷たいから……！」

　本領くんって、指先がおそろしく器用だ。

　親指と人さし指でぱち、と一瞬でリボンを外してしまった。

　そっちに気を取られてるうちに、いつの間にかはだけて
たブラウスの裾から、するりと手が中に入り込んでくる。

「ひ、ぅ……待って。やあっ」

「大丈夫、すぐ慣れる」

　小さい子をなだめるみたいに撫でられた。

　心臓がちぎれちゃいそう。

　ひどいことされてるはずなのに、指先が優しすぎて脳内
でバグが起こる。

　触れられるたびにどんどん大きくなっていくのは、恐怖
心でも、不快感でもない。

「あみちゃん、ここ弱いの？」

「っぅ～～」

「そうやっていやいやするの可愛い。もっといじめたくな
る、加減間違えそう」

「や、ぁ……んん」

　どうしよう、声我慢できない……。

　なにが恥ずかしいかって、まだ下着もつけたまま。隠し
てる部分を直に触れられてるわけでもないのに……ってこ
と。

　本領くんに"弱い"って言われたところから、じんわり
と甘い感覚が広がっていく。

　なるべく吐息がこぼれないように手で覆い隠そうとすれ
ば、阻止するようにぎゅっと掴まれた。

「だめ、俺の手握ってて」

「……、っ」

「離れないようにずっと繋いでて。ね、わかった？」

　なにそれ意味わかんないよ。

　優しくされるのやだ。

　こんな恋人にするみたいな………おかしいよ。

　片手はわたしと繋がれてるから、もうあんまり攻めてこないかと思ったのに。

「あみちゃん気づいてる？　ここ……撫でるたびにびくびくってなるの」

「ひぁ、やだ……っ」

「ほんと可愛い……。気持ちいいね、もっとしたいね」

　う〜……っ、おかしいよ。

　心臓痛いくらいどきどきして、息も弾んで、寒かったはずなのに今は熱くて。

　わたしを憎んでる相手に、もっと触れられたい、だなんて……。

　優しい手が、優しすぎてもどかしいなんて……思っちゃだめなのに。

　熱で理性がどろどろに溶けていく。

　甘い感覚に流されて、先をねだりそうになる。

　このままじゃいけない。

　止まんなきゃ……。

「本領くん、さっきのアレ……わたしに、"ほんのちょっと手荒だけどすぐ終わるのと、優しいけどじっくり時間かけて……、されるの……"って言ってたの、」

「ああ……アレがなに？」

「手荒なのがいい、優しいのやだ……っ」

「……なんで？」

「優しくされたらどきどきしちゃうから……本領くんはわたしが憎くてやってるのに、おかしいでしょ……？」

　また、原因がわからない涙ががぼたぼたとこぼれた。

　頭の中もぐちゃぐちゃで、もう色々とだめ。

　心臓は最初からずっとせわしなかったし、泣くのにも体力いるし。

　あれはよくて、これはだめで。

　なにが吉で、なにが凶か。

　ただしい判断で悩むのも、すごく疲れる。

　ニセモノの優しさに心をかき乱されて、秘めるべきことも勝手に溢れていってしまう。

「今日、本領くんが声かけてくれたとき嬉しかったんだ。わたしを騙すためでも嬉しかったの……体調悪いのひとりで我慢してるの、ちょっとだけつらかったから……」

「……あれは騙そうとしたわけじゃ、」

　言い訳は聞きたくない。

　余計惨めになるから。

　現実を遮断するようにぎゅっと目を閉じたら、最後の一筋が流れた。

　視界が暗くなった途端、体からすうっと力が抜けていく。

　あ、また……。

　下へ下へ落ちていく、あの感覚……。

「そのネクタイ使って首でも絞めてくれた方が、まだよかっ

た……よ……」

　本領くんの腕の中、静かに意識を手放した。

＊　＊　＊

「どうだ、うまくいったのか」

　寝顔を見つめながら、どれくらいの時間が経っただろう。

　保健室の裏口から、敷島が静かに中へ入ってきた。

　——Lunaの最高幹部メンバー。

　生徒から見れば、副総長の座にあたる男。

「見てわかんない？　なあんにもうまくいってないよ。傷ひ
とつ、つけらんなかった」

「意外な結果だな。絆(ほだ)されたのか？」

「んーん。俺が勝手に自滅しただけ」

　これでもかってくらい傷つけて世界で一番嫌われれば、
潔く諦めもつくと思ったのにな……。

　誤算が重なりすぎた。

「ねえ、４年も付き合ってて手を出されてないって、どう
いうことだと思う？」

「手を出されてないって……加藤杏実が？」

「うん。たぶんね。あの反応はそう」

「バカ、嘘ついてんだよそいつ。自分を守るために嘘つい
たに決まってる」

「そう……なのかな」

　俺だって一瞬、演技かなとも思ったよ。

　でもあれは……たしかに、全く初めての反応だったんだよね。

『ほんりょー…くん……？』

『言わなきゃだめ……？』

　あー……。今思い出しても、気を抜いたらまた簡単に欲情しそう。

「やっぱり女って、ちゃんと好きな人としたいって思ってるよね」

「なんだよいきなり」

「気持ちいいことに抗えないのは人間誰だってそう、本能だからね。熱で理性が緩んでるときなんか特に。だから、一時的に俺に流されてくれることはあっても、求められてるわけじゃない……」

「なんだよ。それって最後までやれそーだったってことじゃん」

　そうだね。

　やろうと思えばいくらでもできた。

　たとえ抵抗されても、片手で押さえつけられるくらいの力はあるし、言葉だけでもおとなしくさせる術はいくらでも思いつく。

「いざ触れたら、大事にされてきたこの子を、俺が汚してほんとにいいのかなって……」

　傷つけるどころか、甘い声に本能がとち狂って、いつの間にか目的を忘れていた。

　優しくしたい、大事にしたい、もういいってくらいぐす

ぐずになるまで甘やかして……他になにも考えられなくなるまで愛したい。

頭の中が欲で埋めつくされて止められなかった。

『手荒なのがいい、優しいのやだ……っ』

こぼれる涙を見るまでは。

「本領も、好きな子としかしたくないとかあんの？」

「さあ……どうだろ、考えたこともなかった」

今までは女を黙らせるため、言うことを聞かせるための手段でしかなかったからな……。

「好きな人としかしちゃだめだとか立派な考えは持ってないけど、好きな子とだったら幸せだろうな……とは思う」

天沢と４年も付き合って、いまだに手つかずだった女。

あれだけ一緒にいるんだから、多少の恋人らしいスキンシップはあっただろうけど。

大事に守ってもらってたくせに、あっさり抵抗しなくなって怒りが湧いた。

他人のことはうざいくらい心配するのに、なんで自分のことに関してはあんなに無関心なんだろう。

自分の身が危険に晒されてるのに、すぐ状況を受け入れようとするし。

かと思えば。

『もしかして本領くんも体調悪い？』

自分を襲おうとしてる相手の心配なんかして。

状況を受け入れてるんじゃなくて、実はなんにもわかってないただの馬鹿なんじゃないかとか……。

「本領これからどうする？ もうそろそろセンセー会議から
戻ってくる時間じゃねーの」
「えー、まじ？」
　スマホを見た。
　授業が終わるまであと10分か……。
「この子さあ、Lunaの幹部室に連れてっていい？」
「は。嘘だろ正気かよ」
「俺といるとこを見られたら立場的にかわいそうだし、授
業が終わる前に移動するよ」
「お前の立場もあぶねーよ。こいつは天沢の女だぞ。ほっ
とけよ、先生が戻ってきたら看てもらえるだろ」
　それはそうかもしれない。
「でも保健室じゃ薬とか処方してもらえないんだよね。体
だいぶつらそうだったし。それに……」
『今日、本領くんが声かけてくれたとき嬉しかったんだ。
わたしを騙すためでも嬉しかったの……体調悪いのひとり
で我慢してるの、ちょっとだけつらかったから……』
「杏実ちゃんが目を覚ましたとき、ひとりよりもいいか
なーって」
　向けられるのは呆れた目。
「お前ほんとにどーかしてるよ。敵の女に惚れ込んじゃっ
てさ、みんながみんな、オレみたいに理解あるわけじゃな
いんだぜ」
「どーかしてるのは自分が一番よくわかってるよ」
　起こさないように、杏実ちゃんを大事に抱きかかえる。

　……あーあ。

　今日で終わりにするつもりだったのにな。

*　*　*

　家庭の事情で、幼少の頃からすでに天沢雪の存在を知っ
ていた。

　天沢の長男と本領の次男。

　同級生ということもあって、界隈（かいわい）の大人たちの興味は必
然的に俺たちに注がれた。

　好奇の目に晒されて、勝手に比べられて。

　天沢雪という男を嫌でも意識するしかなかった。

　地区の違いで小学校は別で、中学から同じになった。

　当然、クラス替えで一緒になった試しはない。

　街の大抵の人間は、本領派であったとしても『本領』と
いう括（くく）りからは一定の距離を置こうとする。

　簡単に言えば、"危ない"から。

　俺の家の権力にあやかりたいやつらは山ほどいて、それ
でも実際に内側に踏み込めば、おそろしさのあまり逃げだ
してしまう。

　本領派は直接的に支持しているというより、遠くから眺
める崇拝（すうはい）に近い気がする。

　本領の人間は絶大な支持を受けているぶん、それ以上に
恨まれていたりする。

　ま……俺の家が悪業を営んでいることは事実だから仕方

ないんだけど。

　今までどれだけ、全く知りもしない相手から襲われ、汚い言葉を浴びせられたかなんて、もう忘れてしまった。

　極悪人の息子。

　人の血が流れていない。

　本領墨。

　名前のとおり、腹の中まで真っ黒な怪物。

　……否定できないのが痛いところ。

　本領家には長男の巴がいれば十分なのに、どうしても天沢家の長男と同級生の俺が注目されてしまう。

　巴はそれをよく思っていなかった。

　機嫌にかかわらず、両親や見張りの人間が近くにいないときに顔を合わせれば、問答無用で暴力を振るわれた。

　巴の気が済むまで殴られ蹴られ水をかけられ、服で隠れた部分はいつだって傷だらけ。

　首から下には、今も、巴からつけられた消えないアザがある。

　特に気が触れてるときなんかは命に関わるくらいの重い仕事を押し付けられて、大怪我や火傷を負ったこともある。

　火傷の痕と、青黒いアザ。

　鏡を見るたびに、やっぱり俺は汚い人間だと思った。

　あーあ、生まれてこなきゃよかったな。

　死んでもいいけど、下手な死に方をすれば世間からは陰謀論じみた憶測が飛び交って、本領の汚点になる。

　どうあがいても人の迷惑にしかならない存在。

　それに比べて──。

　"雪"

　誰が聞いても美しいと感じるあの男の名前が、ひどくうらやましかった。

　中2の夏。

　巴から、天沢雪を潰すように言われた。

『あの男のガードは固いから、まずは外堀から埋めていけ』

　つまり、彼女である加藤杏実を利用しろ……と。

　世間の噂どおり、残念ながら俺にも極悪人の血が流れているらしく。

　命令されれば、どんなにむごいことだって平気でやった。

　だからそのときも、加藤杏実に対して1ミリの罪悪感さえ持ち合わせていなかった。

　たかが女。

　俺が直接動くまでもないと思った。

　テキトウな人間を、加藤杏実の周りにテキトウに泳がせて報告させる。

　……つもりが。

　得られた情報は結局、天沢が常に加藤杏実にべったりで、相当ご執心ということだけ。

　天沢が近くにいないときも側近の中城という男が見張っていて近づくことができないという。

　仕方がないから、自ら近づいた。

　天沢の女だと意識した上で、初めて彼女を見たときの感想は、

　——"普通"。

　他にあるとすれば、むだに明るくてちょっと頭が緩そうな女。

　なんでこんな女が……？

　疑問に思っても興味になるには足りず、さっさと片付けようとした。

　いくら天沢と一緒にいることが多いとはいえ、別々に行動する場面は必ずある。

　女友達といるときを見張っていれば近づく機会はすぐできるだろうと踏んで、昼休みにクラスメイトと中庭に行くところを狙った。

　気づかれないように裏から回り込んだ。スマホをいじるふりをしながらテキトウに様子を窺うつもりで。

『杏実ちゃんと雪くんってどうやって知り合ったの？　みんなうらやましいって言ってるよ〜』

『ええっと……なんだろう？　特にきっかけは覚えてないんだよね……。なんか気づいたら、急に話しかけてくれるようになった感じで』

『え〜なにそれ！　わかった、なれそめ恥ずかしくて言いたくないんでしょ〜〜！』

　よりによって天沢の話題。くだらない恋愛話。

　当然いい気分になるわけもなく、馬鹿らしくなってその場を離れようとした。

『じゃあ杏実ちゃん、高校生になったらSol派に決まりだね！』

　そこで、なんとなく足を止めて。

『そるは？ってなにー？』

　そこで、ついスマホから顔をあげてしまった。

　この女嘘だろ。

　自分の男が属している派閥の存在を知らないのか……？

『天沢派で固められたSolっていう暴走族のことだよ！　反対に、本領派がLunaっていうんだって』

『そんなのがあるの？　派閥とか大人みたいな分け方しなくていいのにね〜。ただ気が合う人同士で一緒にいればいいだけの話じゃない？』

　改めて疑問が湧いた。

　こんな考えの女を、天沢はどうして彼女なんかに……。

『杏実ちゃんやばいって、そんなこと言ったら怒られるよ！本領派の人たちは怖いんだからね？　ママも言ってたんだけど、本領くんってヒトデナシの息子なんだって！』

　よく聞く言葉。

　今さらなんとも思わなかった。

『ほんりょーくん……？　っあ、雪くんと同じくらいお金持ちの人か！』

『イケメンだけど、めっっちゃレーケツなんだよ。天沢派の先輩を病院送りにしてるの。雪くんとは真逆だね』

『そうなの？　わたしは喋ったことないから、わかんないんだけど……』

『しかも下の名前“墨”って言うんだって。まんまっていうか、腹黒そうで怖いよね。やってることも悪魔みたい』

　これもよく聞く言葉。

　今さら──……。

『えっ。すみって、黒に土って書く墨!?』

『そうだけど……』

『すごい！　かっこいい……っ。わたし書道習ってるんだけど、書く前にまず墨の勉強からしたの。それでね──』

　いきなり目をキラキラさせながら食いついてるのを見て、この子、頭おかしーんじゃないのって思った。

　友達の話……ちゃんと聞いてた反応とは思えない。

『墨ってすごい長い歴史でね、でも高級品だったから、昔は身分の高い人しか持ってなかったんだって』

『へ、へえ』

『作るのにもすっごい手間がかかるの。型から出したあとに乾燥させて、さらに磨きをかけるんだよ』

　ああ、なるほどね。

　中学生によくいる、最近得た知識を他人にひけらかしたくてたまらないタイプ……。

『丁寧に作られた墨ってね、艶っぽくてなめらかで、きらきら輝いてるんだよ！　ほんとの宝石みたいでね、先生は"極上の漆黒"って言ってた……！』

　なに力説してんの。バカみたい。

　友達、そんなの興味ないって。

『だから、本領くんのお父さんとお母さんすごいセンスあると思う！　いいなあ〜綺麗な名前だなあ〜っ』

　なにを……テキトウなことばっかり……。

　天沢の女のくせに。

　自分の立場わかってないし。

　やっぱりこの子、頭悪い……。

　──自分の名前が嫌いだった。

　両親がなにを思ってつけたのか、尋ねるのさえ怖かった。

　伝統的な日本紋様として華やかなイメージがある『巴』と比べても、明らかに劣る気がして。

　誰が聞いても美しいと感じる『雪』がうらやましかった。

　あの子に『雪くん』と優しく呼んでもらえる天沢がうらやましくてしょうがなかった。

　あの日からずっと。

　一度でいいから。

　あの子に『墨』と、名前を呼ばれてみたかった。

荒れ狂う本能

「……ちゃん」

　真っ暗闇から呼ばれてる気がした。

　まだ眠たいから無視しようとしたら、

「かとーあみちゃん」

　さっきよりもはっきり聞こえて。

　優しい力で意識がだんだん引きあげられていく。

　この声……本領くん……？

　どうして本領くんが……？

　ていうかわたし、今、どこにいるんだっけ……。

『かとーあみちゃんって、ほんと……倒れるの大好きだよね』

　とあるシーンがフラッシュバックされて、ハッとした。

　そうだ情報室に行こうと教室を出たら、本領くんが扉のとこに立ってて……。

　それから……それから？

「かとーあみちゃん、起きれる？」

「──っ……！」

　勢いよく目が覚めた。

　カッ！って見開いた先には、……見たことない景色。

　薄暗い部屋だった。

　黒い壁に囲まれてる空間。

　天井からはきらびやかなシャンデリアが吊るされてい

て、室内を幻想的に映してる。

　シンプルだけど、すさまじい高級感が漂う……。

　改めて……ここどこ？

「ごめんね無理やり起こして」

「わっ!?」

　内装ばかりに目がいって、すぐ隣にいた人に気づかなかった。

「熱高そうだったから、薬だけでも飲んどいた方がいいと思ってさ」

　錠剤を差し出してくるのは、幻覚でない限り本領墨くんだ。

　街の2大勢力の片方・本領グループの次男で、国宝級の顔面をもち、不穏な噂が絶えず、なにかと謎が多いLunaの総長……。

　まだ寝惚（ねぼ）け半分の頭じゃ、なにがどうして今の状況になってるのか理解が追いつかない。

「くすり……」

「そう、薬。解熱剤（げねつざい）買ってきたから飲みな」

　次に、マグカップ。

　とりあえず渡されるままに受け取る。

　あ、あったかい……。

　白湯（さゆ）を用意してくれた、みたい。

　解熱剤……。

　そっか、わたし風邪ひいてて、朝から頭がぐらぐらしてて。

　　まりやちゃんと佐々木くんがデートに行くまでは耐えられてたんだけど、お昼休みになったら急にぐわーってしんどくなっちゃって……。

　　5限目、情報室に場所が変更になってて、慌てて向かおうとしたけど、体がいうことをきいてくれなくなって。

　　ベッドで休みな、と。

　　本領くんが手を貸してくれたところまでは覚えてる。

　　その手があったかくて涙が出そうになったところまでは覚えてるのに……。

「あの……勘違いだったらごめんね。わたし、保健室に行ったんじゃなかったっけ……？」

　　本領くんは、ちょっとだけ間を置いて。

「覚えて、ない？」

「う……う、ん」

「なんにも？　俺と一緒にいたときの記憶、一切ない？」

「っ……」

　　確かめるようにわたしを覗き込んだ瞳が、ゆら……と揺れた気がした。

「ご、ごめ……なんか迷惑かけたかな……っ？　絶対かけたよね……！」

　　言われてみればなにか話した気がする。

　　すごい近くに本領くんがいた気がする。

　　心臓がバクバクするような、あの感覚だけは覚えてるのに肝心な部分は、濃い霧がかかったみたいに輪郭すらなぞることができなかった。

「かとーあみちゃん、廊下で倒れたんだよ」

「うん、そこまでは覚えててね！　保健室まで一緒に行ってくれた……んだよね？　ごめん、こっから先の記憶がないの……」

「へえ、そっか。それが本当ならずいぶんと都合のいい頭だな」

　にこ、と微笑む笑顔が怖い。

　嫌味……？　どう考えても嫌味だ！

　わたしなにやらかしたんだろう……っ。

「ほんとにごめんなさい！　どんな迷惑かけちゃった？　不快な思いさせたなら謝るし、わたしにできることならなんでもします、償います……」

「ふうん。なんでも、してくれるんだ？」

　あ、しまった。

　なんでも、は早まったかも。

「できることなら、です……」

「かとーあみちゃんにしてほしいことなら、いっぱいあるけど」

　ごくり、と息を飲む。

　相手はLunaの最高権力者。

　いったいどんな命令が下されるんだろう……。

「とりあえず、薬飲んで？」

「え……？　あ、」

「眠ってちょっとは元気になったみたいだけど、まだ顔赤いよ」

　おもむろに伸びてきた指先がほっぺたに触れる。

　自分とは違う低い体温に、思わず体がこわばった。

　ほんとだ。自分じゃ赤いの見えないけど、火傷しそうなくらい熱い……。

　ちりちりって音まで聞こえてきそう。

「の、飲むね……っ。ありがとう」

　触れられて見つめられて、さらに熱を持った気がする。

　薬の袋を開いて飲み込むまでの動作が、自分でもわかるくらいぎこちなくて恥ずかしかった。

　ごく、ごく。

　ずっとなにも口にしてなかったせいか、白湯がすごく甘く感じる。

　薬もすぐに効くわけはないけど、流し込むたびに体に染みわたっていくような……。

「あははっ、すごい飲みっぷり」

「ぐっ……、ごほ、……の、喉渇いてたからつい……！」

　あまりにも自然な笑顔に、むせかけた。

　合図にするみたいに心臓が大きく動きだす。

　意外によく笑う人だとは思ってたけど、こんな楽しそうな笑顔は初めてで……。

　うううう、容姿が綺麗な人の、こういう表情って心臓に悪い！

「慌てて飲まなくても水は逃げないよ」

「あ、はは、そうだよね。ゆっくり落ち着いて飲むね」

　は、恥ずかしい〜。

　品のない女だって思われたかな……？

　いっきに飲み干すのも気が引けて、マグカップをいったん口元から離すことにする。

「今朝ね、あったかいココア飲みたくて自販機に行こうとしたんだけど、お金持ってくるの忘れてたんだ」

「へえ。災難だったね。俺に言えばすぐ買ってきたのに」

「んな……っ。そんなことできないよ！」

「俺が敵側の人間だから？」

　ううん、そうじゃなくて。

「相手が雪くんでも同じだよ〜。顎で使うみたいなの、冗談でもできない。怖いから！」

「怖い？　天沢のことも？」

「雪くんも本領くんも怖いよ。ふたりがもってるオーラ？　みたいなのがすさまじいんだよね……立場がえらいとかじゃないの。たとえふたりの立場を知らなくても、目の前に立たれたら体が勝手に萎縮しちゃうと思う」

　なにがおもしろいのか、本領くんはまたくすっと口角をあげる。

「怖いとか言うわりに、ほんとによく喋るよね、かとーあみちゃんって」

「そ、そうかな……」

　これも嫌味……？

　おそるおそる様子を窺ってみるけど、不快に思っているわけでもなさそうで。

「雪くんは友だ……知り合って長いし、本領くんは……」

「……俺は？」

「うーんと。話を聞いてくれるから、かな？　聞いてくれるからつい喋りすぎちゃうのはあると思う」

「はは、なにそれ。テキトウに相槌打ってるだけなのに」

「それでも喋ってる方は嬉しいんだよ。あとは……笑ってくれるし……。も、もちろん馬鹿にされてるだけなのはわかってるんだけど……！」

　言いながら恥ずかしくなってきて、最後は早口になった。

「馬鹿にしてるわけじゃないよ。……いや、嘘ついた、馬鹿にしてるときもあるけど、それも含めてかとーあみちゃんと喋ってると楽しいし」

「っ、ほんと……っ？」

　勢いよく反応してしまって、またもや赤面。

　熱でテンションがおかしくなってるのかも。ひとりだけはしゃいでるみたいで、温度差がつらい……。

「なれなれしくて嫌だったら言ってね……」

「んー許さないけど」

「えっ、ごめんなさ……」

「うそうそ、あみちゃんならいーよ。特別ね」

　またにこっと笑う。

　嬉しいけどやめてほしい。

　心臓がいちいちヘンになるんだもん……。

　ごまかすようにして、白湯を一口、ごくりと飲んだ。

　ちょうどそのときだった。

「本領、入るぞ」

　ノック音とともに、部屋の扉が開いた。

　入ってきたのは見たことある人。

　クラスメイトで、本領くんといつも一緒にいる——たしか、名前は……敷島遥人くん。

　同じクラスの男の子が、Lunaの幹部だとか言ってた記憶がある。

　顔をあげた先でぶつかった鋭い視線に、思わずびくっと肩が震えた。

「目覚めたんだ、よかったじゃん」

　少しもよかったと思ってなさそうな低い声でそんなことを言われる。

　目は口ほどに物を言うって、ことわざだったか慣用句だったかを聞いたことがあるけど、そのとおりだと思う。

"天沢の女がどうしてここにいるんだ、目障り、邪魔、早く出ていけ"

　そんな感情が見て取れた。

　間違っても歓迎はされてない……。

　ここがどこだかわからないけど、Lunaっていう組織が関係してる場所なのはなんとなく想像がつく。

　みんなから雪くんの彼女だと思われてるわたしが、よく思われないのは当然だ。

　これじゃあ本領くんにも迷惑がかかってしまう。

「解熱剤とか色々ありがとう、ございました。……わたしそろそろ帰るね、」

「しばらく安静にしといた方がいーよ。かとーあみちゃん

また倒れそうだし。ここで休んでいきな」

　ベッドから降りようとしたら、本領くんに手を掴まれた。

　お気遣いはありがたいんだけど。

　見てよ、敷島くんの顔……！

　あからさまに敵意向けられて居座れるほど図太くないもん。

　伝われ、と思いながら、本領くんに必死で目線を送る。

　すると、「ん？」と首をかしげながらわたしを見てくれて。

「んーあー……ね？　敷島が邪魔だってさ。出てって」

　なっ？　え〜〜〜っ!?

「違うんです！　邪魔なのはわたしで……っ、お邪魔してほんとにごめんなさい、すぐに出ていきます……っ」

　むしろ出ていかせてください。

　本領くんの手を振り払って立ち上がった。

　つもりが。

「っ、杏実ちゃん！」

　本調子じゃなかった体が、ぐらりと傾く。

　直後、強い力で引き寄せられた。

　気づいたときには本領くんの腕の中。

「ほんっとさあ、何回倒れれば気が済むの」

「な、何回もお手間をかけさせてすみません……」

　どうしようううう、敷島くんが見てるのに！

　離してくれないどころか、さらに強い力で抱きしめられてパニックになる。

　でも力入んなくて抵抗できない。

「もっ……あの、離して」

「離したら倒れるじゃん」

「た、倒れないようがんばるよ？」

「ほんとに？　ちゃんとがんばれるかな、信用できないなー」

　え、ええええ……っ？

　腕の力が緩められたのは、キャパオーバーの寸前。

　同時に、ふわりと、体が宙に浮く感覚がして。

「ひゃ……！」

　すとん、と降ろされたのはベッドの上。

　あれ……元の位置に戻っちゃった……。

　もう１回トライ、と思って飛び出そうとするも、またもや捕まえられてベッドに落とされる。

「むだだからやめときな。安静にしないと熱あがるよ」

「だ、だって……敷島くんに、わたしよく思われてないし、申し訳ないし、どう考えても居づらい」

「はは、本人いる前で言うのほんとにおもしろいね」

「わっ、えっと、そういうつもりじゃ……」

　だめだ。

　もうなにを言っても不正解にしかならない。

　無理やり不正解にさせられる。

「次、ベッドから降りようとしたら襲うよ」

　口調は軽いのに、本領くんの脅し文句にはたしかな重力がある。

　冗談だとわかってても体をぴしっと正しちゃうような、

呪いめいたチカラがある。

　王様だと実感させられる……。

「もう、降りません……」

「そう、それが正解」

　いい子だねっていうみたいに頭を撫でられた。

　本能を誘いだすような甘い声。

　王様な本領墨くんは、わたしの心臓すら支配しているように思えた。

　休ませてもらってる間に、本領くんは色んなことを教えてくれた。

　どうやらここは北棟の４階隅に位置する、Lunaの幹部室らしい。

　原則として関係者以外立入禁止。

　校舎の中だとはとても思えないほど内装がきらびやかで、入ったことないけど、ディスコルームみたいな雰囲気がある。

　本領グループのお金でリフォームという名の改装を行ったんだとか。

　学校を改装だなんて、さすが権力者はやることが違ってびっくり。

　幹部は全員で７人いて、さっきの敷島くんは副総長……いわゆるNo.2。

　それから……──。

　Lunaの幹部室でなんか絶対に休めないと思ってたのに、話を聞いてるうちに、まただんだんと眠気が襲ってきた。

「疲れたね。眠っていーよ」

　ベッドに座った本領くんが、優しく頭を撫でてくれる。

　落ち着いてたはずの体温が、急にあがっていく。

　赤くなってたらどうしよう……。

　隠すようにして横を向いた。

　どうしてか、見られたらだめだって、思ったんだ。

＊　＊　＊

　次に目が覚めたとき、わたしはまた別の場所にいた。

　Lunaの部屋よりも暗くて、なんにも見えない。

　どういう空間なのか想像もできなかった。

　本領くん……どこ？

　もしかして夢、だった？

　だとしたら、どこからどこまでが夢？

　やだ、怖い……っ。

「本領くん……っ」

　じわりと涙が滲んで、無意識にその名前が出た。

「──っ、杏実ちゃん？」

　暗がりから応える声。

　かすかに見えた影に、思わず抱きついてしまう。

「よかった、本領くんいた……」

「うん、大丈夫。ちゃんといる。ごめんね、暗くて怖かったね」

　よしよしって撫でてくれる。

　まるで子ども扱いなのに嬉しかった。

「ここ、さっきの部屋と違う……」

「うん部屋じゃない。車の中」

「車……？」

　なんで？

　一瞬にして嫌な考えがよぎった。

　さっきまで同じ時間を共有してたとはいえ、本領くんからすれば、わたしはあくまで敵の女。

　もしかして……。

「拉致されてる？」

「拉致？」

「だって車でどこかに連れていかれてるんでしょ？」

「ん……そうかもね。天沢への見せしめで、こわーい場所に連れてってるのかも」

　暗くて見えないはずなのに、本領くんが妖しく笑ったのがわかった。

「たとえば、周りを海に囲まれて、強い潮風が吹きつける断崖絶壁とか……」

「っ！」

「もう何年も使われてない、かつては病院だった深い森の中の廃墟とかに、置き去りにするのかも」

「ひっ、やあっ、やだ！　ごめんなさい、なんでもするから行きたくない……っ、お願い……！」

　想像しただけで恐怖のあまり力が抜けていきそうで、すがるように抱きついてしまう。

　涙もぼろぼろ流れた。

　見られたくなくて、いっそう強くぎゅうっ……と腕に力
を込める。

「っえ、あ……。ごめんかとーあみちゃん。ふつーに冗談」

「……へ？」

「もう夜遅くなったから、あみちゃんの家に送ってるだけ」

「わたしの家……？」

「そう。言いにくいんだけど、天沢の彼女の家くらい、こっ
ちは何年も前から把握済みなの。ごめんね」

　本領くんの胸にうずめていた顔をゆっくりとあげる。

　暗闇に目が慣れてきたみたいで、輪郭もはっきりわかる
ようになっていた。

「送ってくれてるの……？」

「うん。そうだよ」

「さっきのは、嘘ついたってこと……？」

「うん、嘘」

「ほんとに、ほんとの嘘……？」

「ほんとの嘘って、なんか意味わかんないけど、本当に嘘
だよ。崖にも廃墟にも行かない」

　よ、よかった……っ。

　安心すると冷静になる。

　目が慣れてきたこともあって、異性に軽々しく抱きつい
たことに今さらながら羞恥がめばえた。

　慌てて距離を取ろうとしたら、どうしてか引き寄せられ
た。

「ほんとに断崖絶壁か病院の廃墟に連れていかれると思った？」

「う……だって、本領くんから見たらわたしは敵だからありえるかもって」

「それで本気にして泣いちゃうの、ほんとに可愛いね。しかも、犯人かもしれない相手に怖いって抱きついちゃうのもおかしくて可愛い」

　また、だ。

　わたしの背中に手を回して、反対の手でわたしの頭をよしよしする。

　完全に子ども扱い……。

「やめて、馬鹿にされても嬉しくないんだけど」

「馬鹿にしてるわけじゃないよ。いじめがいがあって楽しいなーって思ってるだけ」

「っな、それもっとだめだよ」

　やっぱりこの人、噂どおりの悪魔かもしれない！

　胸板を押し返そうとしてもビクともしなかった。

「もう怖くないから離して……っ」

「先に抱きついてきたのはかとーあみちゃんだよ」

　それを言われるとなにも返せなくなる。

　でも、早く離れなきゃ……心臓がなんか、限界なんだもん。

　ベッドにいたときもそうだったけど、この車の中の酸素濃度も異常に低い気がする。

　本領くんといるときはいつもこう。

　相手が王様だから？

　おそれ多いからこうなっちゃうの？

　でも王様なのは雪くんも一緒。

　どうやったら治るんだろう……。

　本領くんの腕の中でぐるぐる思考を巡らせる。

　スマホが鳴ったのは、ちょうどそのときだった。

　ヴーッヴーッという着信音に、わたしはたぶん、世界中の誰よりも敏感になってる。

　３コール以内から、２コール以内に約束が変わったのも忘れてない。

　考えるより先に体が動いて、スマホを掴んでいた。

「っ、はい、もしもし……！」

　勢いあまりすぎて、声が若干裏返った。

『今どこ？』

　聞き慣れた、淡々とした低い声が流れてくる。

　今、どこにいるかって……。

　一瞬にして背筋が冷たくなった。

「ゆ、雪くんはどこにいるの？」

『聞いてるのはおれなんだけど』

「わ……たしは、今、家に帰ってるとこで……」

『21時半……。こんな遅い時間までなにしてた？　中城が昼休み明けからお前の姿が見えないって報告してきた』

　スマホを掴む指先が震えていく。

　ここで一度でも回答を間違えればとんでもない事態になってしまうのは予想できた。

「まりやちゃんと、お昼からの授業サボってカフェに行ったの……。それからカラオケ入って時間忘れて遊んじゃった、ごめんなさい」

『まりや、ね……。あの女、杏実をいつも好き勝手に連れ回しやがって』

　まりやちゃん、巻き込んでごめんなさい……！

　心の中で必死に謝罪する。

　ここで「まりやちゃんは悪くないの！」と言ってしまえば、機嫌を余計に損ねてしまう。

『おれやっと家の用事終わったから、もうすぐお前の家行くわ』

「わ、わたしの家……っ？　あと何分後くらいに、ですか」

『さあ。今からホテル出るから30分くらいはかかるかもな』

　ホテルから直接来るってことは、服装とか荷物もそのままでってことだよね。

『そうだ、風呂溜めといてくんね？　人混みで色んな臭いついて萎えた』

「そっか、遅くまでお疲れ様。お風呂も溜めとくね。じゃあ家で待ってる……から」

『ああ』

　雪くんが通話を切ったのを確認してから、スマホを離す。

　できるだけ雪くんをいたわる言葉を選んだら、お風呂まで貸すことになっちゃったけど、まあよしとしよう。

　よかった。

　これでもうまりやちゃんに危害が及ぶことはないよね。

　ほっと息をついて、顔をあげた先。

「──っ！」

　本領くんと視線がぶつかって、ドッ……と心臓が跳ねた。

　しっ、しまった！

　ついいつもの癖で反射的に電話に出ちゃったけど、ここは車の中で、しかも、わたしを送ってくれてる最中なのに！

　さっきまで本領くんの腕の中にいたはずが、今は間にもうひとり座れるくらいのスペースがある。

「ごめんなさい、断りもなく電話に出ちゃって」

「んーん、全然いいよ。彼氏からの電話だもんね」

　さっきまでの笑顔はもうなかった。

　当たり前だ。

　今の本領くんの隣にいるわたしは、"かとーあみ"じゃなくて、"天沢雪の彼女"として映ってるから……。

　表情もそうだけど、声もなんだか冷ややかになった気がする。

　さっきまで普通に話してたのが嘘みたい。

　どういう感じで、どういうテンションで話してたんだっけ……。

　もう、まともに本領くんの目も見ることができなかった。

「……て、いうかさ。かとーあみちゃんも嘘ついてんじゃん」

　ふいに、乾いた笑いが混ざった声で話しかけられた。

「え、嘘……？」

「一緒に風呂まで入る仲なんじゃん。初めて〜とか言ってたくせに。嘘つき」

「へ？　初めて……って、え？　なんのこと……」

　お風呂沸かすって言ってたのは、言葉のままの意味で。

　今までも何度もこういうことがあったからで。

　一緒に入るってわけじゃなくて……。

　それよりも、初めてって……。

「わたし、そんなこと言った……っ？」

「そーだよね。その都合のいい頭じゃ覚えてるわけないか。かわいそうだから黙っててあげようと思ってたけど……なあんかムカついてきた」

「……え？」

「思い出させてあげよーか」

　耳元で響いた声は、相変わらず重力があった。

　呪いみたいにわたしをがんじがらめにするチカラ。

　ブラウスがまくりあげられて、大きな手が中に入ってくる。

「や……っ？」

　身をよじるものの、抵抗はできない。

　体が支配されてるから……。

「かとーあみちゃん、保健室で俺に襲われかけたんだよ」

「おそ……わ？」

「あみちゃんの弱いところ、俺ちゃんと覚えてるよ。……こことか」

「っ、やぅ」

　触れられた瞬間、電流が走ったみたいにびくっと反応してしまう。

　思わず腰を引くけど、強い力で引き戻された。
「何回も何回もなぞられて、甘い声出ちゃって……抑えらんなかったもんね」
「ひ……、ぁ、」
　その部分からぞくぞくっと甘い痺れが広がる。
　初めての感覚のはずなのに、初めてじゃないみたいな。
「それから、こっちも……」
「……っ！　、っ、うぅ～っ」
　知ってるって言ってる。
　この手つきも体温も知ってるって……体が勝手に反応する。
　わたしは、知らないのに……。
「やだ……っ、なんか、ヘンなかんじ、するから、やだ」
「そうやっていやいや言ってるのに、俺にぎゅうって抱きついてくるの、なんで？」
「へ……っ？　わ、わかんないい……、こわい」
　熱い熱が、波みたいに次から次へと押し寄せてきて、どこかに連れていかれそうで怖いから……。
　本領くんにすがって、流されないように、収まるまで待つしかなくて……。
　でも、ぜんぜんやめてくれない。
「ほんりょー……くん」
「ん……なーに？」
「もっ、やんないで……」
「だめ。やめてあげない。かとーあみちゃんが嘘つきだから。

悪い子だってわからせないと」

　直後、指先にぐっ……力がこもって、目の前がちかちか
した。

　大きな刺激にびっくりして、生理的な涙がこぼれる。

　でも痛いわけじゃない……苦しいわけじゃない……。

　こもった熱がはじけたみたいな……同じタイミングで、
甘い感覚がじわーっと広がっていくみたいな。

　こんなの知らない……っ。

　でも、怖いのに、もっと欲しいって思っちゃう……。

　もっと欲しいって思っちゃうのが怖い……。

「かとーあみちゃんって、ほんと、なんでそんなに敏感な
の？」

「ゃ……ん、ちが……」

「そんな顔されたら、みんなおかしくなっちゃうよ。あみ
ちゃん可愛いねって、もっといっぱい愛したくなる」

「っ……」

　本領くん、振り幅が大きくて怖い。

　雪くんとはまた違う二面性がある。

　わたしのこと憎いって言ったり、可愛いねって言ったり。

　襲うって言ったくせに、わたしに触れる手はぜんぶ甘く
て優しい……。

　本領くんはわたしのことが憎くてやってるのに、どきど
きしちゃういい加減やめたい。

　恋人だったら幸せなのに……。

「あーあ。おふざけがすぎたかな。ちょっと痛い目見せた

かっただけなのに」

　２、３回わたしを撫でた手が、乱れた服を丁寧に直して離れていく。

「ほら、もうあみちゃんの家に着いたみたいだよ」

　いつの間にか車は停車してて、窓の外にはわたしの家。

　熱が引いていく代わりに、現実がゆっくりと戻ってくる。

　ようやく見渡した車内は部屋みたいに広かった。

　運転手さんの座席とは壁で仕切られていて、完全にふたりきりだったことを実感する。

　先に降りた本領くんがわたし側のドアに回って、開いてくれた。

「あ……えっと。送ってくれてありがとう」

　地面に足をついた瞬間に襲ってくるのは、寂しい……という感情。

　なんでこんなこと思っちゃうんだろう。

「あと薬とかベッドとかも。なにからなにまでほんとにあり──」

　まだ言葉が終わらないうちに、腕を引かれた。

　結局、最後まで言い切ることはできなかった。

　だって……。

「──んっ……」

　優しく、唇を……塞がれたから。

　触れていたのはほんの短い間だけ、だったと思う。

　でもたしかな熱を残して、離れていくから、その瞬間が永遠にも思えて──。

「…………え？」

　言葉を発するまでに、どれだけの時間がかかったかわからない。

　見上げた先で、本領くんは笑っていた。

「最後の嫌がらせ」

　今まで見た、どの笑顔とも違う。

「安心して。もう、かとーあみちゃんには関わんない。最初から、今日で終わらせるつもりだったんだ」

　今にも、消えてしまいそうな。

「ばいばい」

　──ひどく儚い笑顔だった。

郵 便 は が き

１０４ - ００３１

東京都中央区京橋1-3-1
八重洲口大栄ビル7階

スターツ出版（株）　書籍編集部
愛読者アンケート係

お手数ですが
切手をおはり
ください。

(フリガナ)
氏　名

住　所　〒

TEL　　　　　　　　　　　　　携帯／PHS

E-Mailアドレス

年齢　　　　　　　　　　　　性別

職業
1. 学生（小・中・高・大学(院)・専門学校）　　2. 会社員・公務員
3. 会社・団体役員　　4. パート・アルバイト　　5. 自営業
6. 自由業（　　　　　　　　　　　　　　　）　7. 主婦　　8. 無職
9. その他（　　　　　　　　　　　　　　　　　　　　　　　　　）

今後、小社から新刊等の各種ご案内やアンケートのお願いをお送りしてもよろし
いですか？
1. はい　　2. いいえ　　3. すでに届いている

※お手数ですが裏面もご記入ください。

愛読者カード

お買い上げいただき、ありがとうございました！
今後の編集の参考にさせていただきますので、
下記の設問にお答えいただければ幸いです。よろしくお願いいたします。

本書のタイトル（ 　　　　　　　　　　　　　　　　　　　　　　**）**

ご購入の理由は？ 　　1．内容に興味がある　2．タイトルにひかれた　3．カバー（装丁）
が好き　4．帯（表紙に巻いてある言葉）にひかれた　5．本の巻末広告を見て 6．ケータイ
小説サイト「野いちご」を見て　7．友達からの口コミ　8．雑誌・紹介記事をみて　9．本で
しか読めない番外編や追加エピソードがある　10．著者のファンだから　11．あらすじを
見て　12．その他（ 　　　　　　　　　　　　　　　　　　　　　　　　　　　　　　　　 ）

本書を読んだ感想は？ 　　1．とても満足　2．満足　3．ふつう　4．不満

本書の作品をケータイ小説サイト「野いちご」で読んだことがありますか？
1．読んだ　2．途中まで読んだ　3．読んだことがない　4．「野いちご」を知らない

上の質問で、1または2と答えた人に質問です。「野いちご」で読んだことのある作品を、
本でもご購入された理由は？ 　　1．また読み返したいから　2．いつでも読めるように
手元においておきたいから　3．カバー（装丁）が良かったから　4．著者のファンだから
5．その他（ 　　　　　　　　　　　　　　　　　　　　　　　　　　　　　　　　　　　 ）

1カ月に何冊くらいケータイ小説を本で買いますか？ 　　1．1〜2冊買う　2．3冊以上買う
3．不定期で時々買う　4．昔はよく買っていたが今はめったに買わない　5．今回はじめて買った

本を選ぶときに参考にするものは？ 　　1．友達からの口コミ　2．書店で見て　3．ホーム
ページ　4．雑誌　5．テレビ　6．その他（ 　　　　　　　　　　　　　　　　　　　　 ）

スマホ、ケータイは持ってますか？
1．スマホを持っている　2．ガラケーを持っている　3．持っていない

学校で朝読書の時間はありますか？ 　　1．ある　2．今年からなくなった　3．昔はあった　4．ない

ご意見・ご感想をお聞かせください。

文庫化希望の作品があったら教えて下さい。

学校や生活の中で、興味関心のあること、悩みごとなどあれば、教えてください。

**いただいたご意見を本の帯または新聞・雑誌・インターネット等の広告に使用させて
いただいてもよろしいですか？** 　　1．よい　2．匿名ならOK　3．不可

ご協力、ありがとうございました！

凍りついた愛

　１日杏実の声が聞けなかったせいか、イライラが限界だった。

　ホテルという公の場では天沢家の長男を演じ続けなければいけない。

　イライラをぶつける相手もいない。

　おまけに昼、中城から学校に杏実の姿が見当たらないという連絡が入って、頭の中はそのことで埋めつくされた。

　なかなかひとりになる時間ができずに、21時を過ぎてようやく電話をかけることができて。

『っ、はい、もしもし……！』

　声を聞いた途端、溜まりに溜まっていた疲れもストレスも怒りも……スッとどこかへ消えていく。

　これでもし杏実が電話に出なかったら、気がおかしくなっていたかもしれない。

　今から家に行くなんて無茶なことを言ったけど、聞き入れてくれてよかった。

　やっと杏実と一緒に過ごせる……。

　食事の心配と、風呂まで用意してくれるとか、嬉しすぎる……。

「雪様。加藤様宅には22時５分到着予定でございます」

　運転席から声がかかる。

「うんっ、わかった〜。ありがとう〜」

　もっと急げよと出かかった声を、喉奥に留める。

　もし事故でも起こされて杏実に会う時間がさらに遅くなったらたまったもんじゃない。

「あ、ねえ。母上には、僕はちゃんと直帰したって伝えといてね」

「はい。承知いたしました」

「絶対に絶対だからね〜？」

「もちろんでございます。雪様」

　……よし、これで母親のヒステリーは回避できた。

　縁談のあとに別の女のところに向かうなんて知れたら、どうなることか。

　ったく。次から次へと女を紹介してきやがって。

　相手に恥をかかせずに破断にさせんの、結構むずいんだっつーの。

　神経使うし。顔の筋肉つるかと思った。

　母親が探偵に集めさせた情報は、おれにとっても有益だった。

　相手の苦手なものを徹底的に頭にたたき込んで、会話の流れでその話題にもっていく。

　自分の苦手なものを好きと言われて、いい気分になる人間はまずいない。

　理解はあったとしても、違和感が生まれてやがて不信感に変わる。

　それが重なると、相手はその不信感をはっきりと"価値観の違い"だと判断するんだ。

「雪様のことは、とても素敵な方だと思います。ただ……根本的な考え方の違いといいますか、今後共に生活していくにはお互いに厳しいかもしれません」

ほぼシナリオどおりの回答が返ってくる。

それでも構わずこちらの権力に執着してくる女もいるが問題ない。

周りが知らないそいつの秘密をひとつだけ提示してやれば、相手は血相を変えて自ら破談を要求する。

単純で馬鹿な女ばっか……。

こんなくだらない女のために自分の時間を割くことがどれだけ苦痛か。

おれのことを道具だとしか思ってない両親は知るはずもないだろうな。

杏実だけがいればいい。

世界に、杏実とおれだけでいい。

邪魔なものはぜんぶ消えればいい。

──まりやとかいう、あの余計な女も。

入学式のときから杏実につきまとっていた。

おれに近づくのが目的じゃなく、純粋に杏実自身と仲良くなりたいという女は珍しいから、しばらくは目をつぶってやろうと思ってた……けど。

『まりやちゃんと、お昼からの授業サボってカフェに行ったの……。それからカラオケ入って時間忘れて遊んじゃった、ごめんなさい』

チ、と舌打ちが出る。

　あの女に、今までどれだけ杏実といる時間を奪われてきたかわからない。

　夜まで遊びに連れ回すあげく、他の男も誘ったり、杏実に悪いことばっかり教えやがる。

　何度も縁を切らせようと思った。

　でも、杏実はあの女のことが大好きだから……。

　楽しそうに笑ってるのを見ると、いつも言えずに消えてく。

　杏実が大好きなのはおれだけでいいのに。

　おれはずっと杏実だけなのに……。

＊　＊　＊

「雪くんお疲れ様……っ」

　笑顔で迎えてくれた杏実を見たら、我慢できずに玄関先で抱きついた。

「う……ぐっ……くるじい……」

　そう言われて力を少しだけ緩めた。

　杏実といると加減がわからなくなる。

「こんな遅くまで、ホテルでなにがあったの？」

「べつに。お前には関係ない」

「そっ、か……」

　そう。杏実には関係ない。おれがどれだけ女と会ったところで、どうせぜんぶ破談になる。

「それより今日もひとりか？」

「うん。今度お母さんたちが帰ってくるのはお盆なんだって」

　相変わらずの放任だな……。

　毎回自分の家との違いに驚く。

　杏実の父親が仕事で海外に行ってて、母親はそれについていってるらしい。

　なんで一緒に行かなかったのと聞けば、「英語ができないから」とヘラッと笑っていた。

　お気楽なとこもまじで可愛い……。

　杏実が家に残る選択をしてくれて本当によかった。

　でもどこにいようと関係ない。

　杏実が海外にどうしても行くと言うなら、おれも絶対についていく。

「あのね、お風呂ちょうど溜まったんだ！　入ってきていいよ！」

「ん、ありがと。お前は入んねーの？」

「うん。お先にいいよ！　ちょっと部屋片付けたいからさ、えへへ」

　そんなのいちいち気にするところも好き。

　大好き……。

「あ、あとね、今日11時から好きな映画があるんだけど地上波初なんだって。一緒に見てくれる？　夜ふかししちゃうけど……！」

「ああ、いいよ」

　お前となら何だっていい。

　隣にいるだけで幸せだから。

　よくできすぎているくらい幸せなひとときも、これがおれたちの普通だと安心しきっていた。

　杏実が楽しそうに笑っていることが嬉しい。

　本気でそう思っていた。

　——無理して笑ってたことにも、気づかずに。

　おれが風呂からあがるとすぐに「映画に間に合わなくなる!」と慌てたように浴室に駆け込んでいった。

　ものの20分ほどで戻ってきた杏実の髪は濡れていて、どき、とする。

「まだ始まってない!?」

「あー……あと３分だな」

「え、やばい!　急いで乾かさなきゃ……っ」

　ドタバタとあっちの部屋に戻っていく。

　相変わらずそそっかしいな。

　ドライヤーの音を聞きながら思わず笑みがこぼれた。

　ずっとこの時間が続けばいいと思った。

　隣の部屋に杏実がいて、一緒に映画を観るために待っているこの時間が。

　もう少ししたら、またドタバタとあわただしく戻ってきて、ソファに座るんだろう。

　おかしいなと思ったのは、オープニングの場面から２分くらい経ったとき。

　好きな映画だと言っていたのに、落ち着きなくちらちらとこっちを見てくるから、なにか気になることでもあるの

かと見つめ返せばすぐに逸らされる。

　一応視線は画面に戻るものの、膝をすり合わせたり、手を何度も組み替えたりして。

　そんなことが続いてもおれも映画どころじゃなくなった。

　ピ、とテレビの電源を落としても、杏実は「今いいところなのに」とは言わなかった。

「さっきからなんなんだよ。言いたいことあるなら言え」

　杏実の瞳に怯えが宿る。

　意図せずきつい口調になったかもしれない。

　怖がらせたか？

　いやでも、このくらいいつものことだし……。

「どうした？　杏実」

　なるべく優しく伝わるように改めて尋ねた。

「あ……ちょっと、お、折り入ってお話ししたいことがあって、ね……」

　うつむきながら、ぼそぼそと言葉を続ける。

　嫌な予感がした。

「前にも何度か言って、雪くんのこと怒らせちゃったんだと思うんだけど」

「…………」

「みんなに、ね、ほんとは付き合ってないこと、やっぱりちゃんと言いたくて……！」

　ぐらりと目眩がした。

　同じ内容のセリフは今までも何度か耳にしたことがあ

る。

　それだけでも気が狂いそうだったのに、今回、杏実は本
気だ……。

「同じクラスの佐々木くんとまりやちゃん、付き合ってる
んだけど、ふたりを見てたら、やっぱり本当の恋人同士だ
なあって感じるんだよね」

　まりやと佐々木……。

　どうして今、そいつらの名前が……。

「お互いがお互いを恋愛対象として見てて、友達同士の雰
囲気と全然違うの。わたしと雪くんも本当は違うからさ、
みんなに恋人同士だって言われるたびに、自分の中で違和
感がおっきくなっていくっていうか……」

　日本語は理解できる。

　だから杏実の言葉の意味も理解できるのに、……飲み込
めない。

「あとね、わたしたちもう高校生だし。ずっとそばに居続
けたら、お互いに本当の恋愛ができないと思うんだ……」

　レンアイ……？

　なんの話をしてるのかわからない。

　おれは中学のときからずっと友達なんかじゃなくて、杏
実のことが好きで、いつか絶対一緒になって、大事に大事
に愛するんだって……。

「あと、ごめんね。さっきの電話では知らないふりしてた
んだけど、雪くんにいっぱいお見合いの話が来てるって
知ってたんだ。今日もその関係で学校を休んでるのも知っ

てた」

「……中城から聞いたのか」

「中城くんは悪くないよ！　わたしが無理やり食い下がっ
て聞きだしたの！　そこだけはわかって、お願い……」

　杏実に知られていた。

　他の女と縁談話が持ちあがっていること……。

　知ってたくせに、なんでそんなに平気な顔でいられるん
だよ。

「ずっと考えてたんだ。雪くんの家にとって、どんな相手
と結婚するかってすごく大事なことでしょ。間違っても庶
民のわたしなんかが隣にいちゃいけないし」

「っ、そんなことあるわけ……！」

「ううん、だめだよ。友達でいられるのがギリギリだもん。
これは雪くんじゃなくてわたしの気持ち。ずっと仲良くし
てほしいけど、雪くんの婚約者さんとかを差し置いて一緒
にいるまでの覚悟はないもん」

　どんどん、どんどん……目の前が暗くなっていく。

　おれと一緒にいる覚悟がない？

　婚約者なんかどうでもいい。

　杏実しかいらない。

　杏実にとってのおれは、覚悟がないからって簡単に捨て
られるほどの存在だった……？

「あと、雪くんの好きな人と結ばれる可能性も邪魔したく
ない。出会いはお見合いでも、もしかしたら運命の相手か
もしれないのに……。雪くんはわたしがいるから、他はい

らないって、深く知る前に断ち切っちゃうでしょ？」

　そんなの当たり前だ。

　杏実がいるから他はいらない。

　杏実だってわかってるくせに、どうしてそんなことを言うんだよ……。

「雪くんには本当に好きな人と結ばれてほしい。わたしみたいなニセモノの彼女なんかじゃなくて……」

「っ、おれが本当に好きなのはずっと、」

「それでねっ、なんで急にこんなこと言うのかって言ったらね、ええと……」

　だめだ嫌な予感がする。

　聞く前から動機がおさまらない。

「すきなひと……、できた、から……」

「……──」

　……は？

　ひどい目眩がした。

　座っていても崩れ落ちそうだった。

　唇も指先も震える。

「今、なんて……？」

「ま、まだ自分でもわかんないんだけど、恋かもしれないなって思った人がいて……」

「恋……？」

「まだ出会って間もないんだけど、その人といると、ずっと心臓がうるさくて……。その人が笑ったら嬉しいし、その人に言われたことにいちいち動揺したり、ずっと考え

ちゃう……」

　頭を殴られたみたいだった。

　心臓がずっとうるさい。

　その子が笑ったら嬉しい。

　その子の言動に一喜一憂する。

　頭の中は、ずっとその子のことだけ……。

　ぜんぶ、おれが杏実に対して思っていることと同じだったから……――。

　杏実はおれを、本当にただの友達だと思ってたんだ。

　おれが杏実を好きなのは、友達としての好きだと思われてた。

　ずっとそばにいたのに。

　伝えてきたつもりなのに……なにひとつ伝わってなかった。

「ゆ、きくん……？　顔真っ青だよ、大丈夫……？」

　杏実に触れられた瞬間、おれの中でなにかがぷつりと切れる音がした。

　怒りでもない。

　悲しみでもない。

　なにも感じられないくらい恐ろしく冷たい感情に支配された。

　みんなの前での明るいおれはニセモノ。

　杏実と中城の前だけ素の自分でいられる。

　はずだった。

　ふたつのおれ……どちらとも、違う自分になってしまっ

たような気がした。

「さっきからなに言ってんのか……ぜんぜんわかんねーな」

　黒いものが頭を埋めつくして、制御できなくなる。

　自分を保っていたはずの本当の人格さえ失われそうだった。

　違う人間をどこか遠くから眺めている感覚。

　初めて自分のことを"怖い"と思った。

＊　＊　＊

　あの日から雪くんは変わってしまった。

　挨拶が飛び交う教室。

　隣には雪くんがいて、すれ違う人が雪くんに話しかけて、雪くんは笑顔で応える。

　一見、いつもと変わらない風景。

「雪ー、今日の体育一緒のグループになろーぜ」

「え〜いいよ〜。ていうかなんの競技だっけ？」

「バスケだよ。今度学年のレクリエーションがあるだろ」

「あ〜ね！　そうだったそうだった。練習がんばろ〜ね〜」

　みんなから見ても、いつもと変わらない雪くん。

　変わったのは、わたしに対してだけ。

　毎朝、わたしの家まで車で迎えに来るようになった。

　車に入ったら、雪くんと同じ匂いの香水を何度も振りかけられる。

　異常なのは、車の中での会話が一切ないこと。

　ううん。車の中だけじゃない。

　学校にいるときもなにも話さない。

　ただ隣にいるだけ。

　そしてもうひとつ。

　まりやちゃんと話すことを禁止された。

　スマホから、雪くん以外の連絡先はぜんぶ削除されたせいでメッセージを送ることもできない。

「杏実おはよ……！」

　声をかけられても無視しなくちゃいけなかった。

　一度でも返事をすれば、雪くんが雇った男の子たちに、まりやちゃんを襲わせると言われたから。

　悲しそうな顔で去っていくまりやちゃんを何度も横目に見た。

　それでも、雪くんからそう約束を取りつけられてから２週間くらい経った今でも、まりやちゃんは毎日挨拶をしに来てくれている。

　わたしは隠れて泣くしかなかった。

　隣の席の男の子と話すのも禁止された。

　授業とかで仕方なく会話をしなきゃいけないときなんかは、最初は許してくれてたけど、ある日、愛想を振りまくな、笑うなと怒られた。

　男の子も女の子も関係ない。

　話しかけられたら、極力聞こえないフリをしなくちゃいけない。

　聞こえないフリが厳しいときは、手短に返事をしてすぐ

に終わらせる。そのときに笑ったりしたらいけない。

雪くんに常に見張られている。

雪くんがいないときは中城くんに見張られている。

その他にも、なにか雪くんが気に入らないことがあると新しい約束を取りつけられた。

わたしが約束を破れば、まりやちゃんに危害が及ぶ。

ただの脅し文句じゃないことはわかっていた。

雪くんは自分の大事なものを守るためには、昔から手段を選ばないから。

自分の大事なもの以外がどうなろうと、微塵も興味がないから。

誰とも話さないまま、時間だけが虚(むな)しく過ぎていく。

雪くんがおかしくなってしまって1か月が経ったある日。

とうとう、まりやちゃんはわたしに声をかけてこなくなった。

当たり前だ。

むしろ、無視し続けたのに、1か月もの間、毎日おはようって言いに来てくれたことがすごいんだ。

だけど、まりやちゃんが声をかけに来てくれることが毎日の心の支えだったから……。

もう、どうやって耐えていけばいいのかわからなくなってしまった。

当然、周りから距離を置き続けた結果、わたしはみんな

から冷たい目で見られるようになった。

『雪くんの彼女だからって、自分も偉くなったと勘違いして周りを見下してる』

『雪くん以外に興味ないアピールがすごすぎて痛い』

『雪くんの前だけいい顔をしてる』

『ぜんぜん笑わなくて気持ち悪い』

　みんながわたしを除け者にすればするほど、雪くんは満足するみたいだった。

　──自業自得だ。

　雪くんは今まで大事にしてくれたのに、わたしは気持ちを踏みにじった。

　雪くんがわたしを"女の子"として好きでいてくれたことに、気づけなかったから……。

『最後の嫌がらせ』

　あのキスが、もうずいぶんと昔のことみたいに思える。

『安心して。もう、かとーあみちゃんには関わんない。最初から、今日で終わらせるつもりだったんだ』

　言葉どおり、あれから本領くんに話しかけられることはなかった。

　目が合うことすら……一度もなかった。

　さらに２週間ほど経った日のこと。

　トイレに入ろうとすると、中から女の子たちのやり取りが聞こえてきた。

「加藤杏実、まじでキモいよね。クラスメイトに話しかけ

られたのに無視するとかほんとに何様？ 勘違いもはなは
だしいわ」
「あんな子だとは思わなかったよねー」
「１年の頃は猫かぶってたんだよ。雪くんと公認カップル
になって、安心しきって化けの皮剥がれたんでしょ」
「うわ性格悪っ。雪くんにフラれるのも時間の問題でしょ」
　あ……また、だ……。
　ここでわたしが出ていっても妙な空気にさせるだけ。申
し訳ない……。
　ちょっと遠いけど、隣の校舎のトイレまで行こうかな。
　そう思って足を引いた直後。
「てか、まりやが一番の被害者じゃん！　まじでかわいそ
う〜」
「親友のこと捨てるとかさすがに神経疑うって」
「ね、まりやもそう思うよねー？」
　ドク、と重たく脈打った。
　まりやちゃんも、そこにいたんだ……。
「まあ、ね……。すごい傷ついたかなあ」
　そうだよね。
　当然だ、あんなにひどいことしたんだから。
「仕返ししてやろーよ！　あのタイプの女って、自分が同
じ目に遭わないと気づけないんだよきっと」
「手始めに、５限で使う体育服隠すのどう？」
「最高〜。体育服忘れた人って、みんなの前で先生に申告
しにいかなきゃいけないから地獄だよね」

「調子に乗りすぎだって、気づかせてあげるウチら優しい
よね〜」

　体育服かあ……。

　今からロッカーに行って自分で持ち歩くこともできるけ
ど、体育服がだめなら、きっとまた別の手で嫌がらせをさ
れる。

　あがいても意味ない……。

「やめてよ。そういうの恥ずかしいって」

　思わず顔をあげる。

　まりやちゃんの声だ。

「でもまりやムカつくでしょ、加藤杏実のこと」

「そりゃあ傷ついたよ、毎日毎日夜泣いたし……！　でも
杏実は、理由もなくいきなり人を無視したりする子じゃな
いもん」

　目頭が熱くなる予兆もなく、ぽろりと涙がこぼれた。

「じゃあなに、どんな理由があるっていうの？」

「わかんない。ただ単に私が杏実に嫌われるようなことし
ちゃったのかもしれないし」

「そんなわけないじゃん。あいつクラスメイト全員に冷た
い態度取ってんだよ」

「それでも私はまだ杏実のことが好きだからいーんだって
ば。絶対、杏実に手出さないで」

　まりやちゃん、馬鹿じゃないの……。

　そんなこと言ったら、まりやちゃんまで悪く言われちゃ
うのに。

わたしだって、まりやちゃんのこと好きなのに……。

大好きなのに……っ。

聞いてられなくてその場を離れた。

走って走って、校舎の隅の階段でうずくまった。

泣いちゃだめ。わたしに泣く資格ない。

わたしがまりやちゃんを傷つけたんだ。

わたしより何倍もつらかったはずなのに、まだ好きって言ってくれる……。

雪くんはさっき、先生に呼ばれて職員室に行った。

こんな短い休み時間までは、中城くんだって監視はしきれないはず。

今、考えなきゃ。

すぐには無理でも、なんとかまりやちゃんと話をする方法……タイミング……。

まりやちゃんだけには本当のことを知っててもらいたい。

他の誰にもわかってもらえなくても、まりやちゃんにさえわかってもらえればいい。

少なくとも、わたしがまりやちゃんのことを大好きだってことだけは伝えなくちゃ……。

４限目。

始まる直前に、誰にも気づかれないようにしてまりやちゃんの机にメモを置いた。

ばくばく、心臓が破裂しそうになりながら。

　雪くんはまだ職員室から戻ってない。

　紙を置くところは、絶対に見られてないはず。

【いっぱいごめんね。話したいことがあるから、放課後、
２階の空き教室に来てもらえたら嬉しいです。杏実】

　雪くんには、放課後に委員会があるって伝えるつもり。

　先生の都合で中止になったけど、もともと今日は本当に
委員会の日で、雪くんもそれを把握してるはず。

　緊張で胸が痛い。

　自分の机に座って、うつむいたまま始業のチャイムを聞
いた。

　職員室に呼ばれていた雪くんは、授業に少し遅れて中に
入ってきた。

　いつものようにわたしを見てから、席につく。

　雪くんを騙すみたいで悪いけど、どうかうまくいきます
ように……。

　予定どおり、雪くんに、放課後は委員会があるから教室
で待っててほしいと伝えた。

　雪くんはわたしを一瞥して「わかった」とだけ返事をし
た。

　欲を言えば、「先に帰っててほしい」なんだけど、そこ
までいくと怪しまれるかもしれないと思って我慢した。

　行きも帰りも、雪くん家の車で送り迎えしてもらうのが
当たり前になってる。

　その当たり前を少しでも崩すことは、雪くんを刺激する

ことに繋がる。

　——キーンコーン、カーンコーン……。

　放課後のチャイムを待ちわびていたような、聞くのが怖かったような。

「きりーつ、礼」

　日直の号令のあと、ぎゅっと拳をにぎった。

「じゃあ雪くん、委員会に行ってくるね」

「……ああ」

　あっさりとした返事。

　ちゃんと雪くんの許可を得て、教室を出た。

　少しの間だけど、自由の身。

　もう大丈夫だ。

　これでまりやちゃんと話せる……！

　初めはゆっくり歩いてたけど、空き教室が近づくにつれて早足になる。

　１か月以上話してなかった。

　まりやちゃんは、わたしに嫌われたと思ってる。

　まずは謝って誤解を解かなきゃ……！

　謝って済む問題じゃないけど、まりやちゃんなら絶対話を聞いてくれる。

　それから、きちんと謝ったあとは。

　息を弾ませながら空き教室の前にたどり着いた。

　中からは灯りが漏れている。

　まりやちゃん、もう来てくれてたんだ！

「ごめん、まりやちゃんっ！　お待たせ……——」

　ガラッと勢いよく扉を開いた先。

　待っていた人物を見て、はっと息を飲む。

　え……？

　にわかには信じられなくて、何度も瞬きをした。

　慌てすぎてわたしが教室を間違ったのかと思ったけど、
違う。

「なん、で……中城くんが……」

　空き教室はみんなのもの。

　放課後、真っ先に陣取りに来る人がいても不思議じゃな
い。

　中にいたのが別の人なら、たまたま場所が被っちゃった
んだって、思えるのに……。

　雪くんの側近である中城くんがここにいることは、間
違っても偶然なんかじゃない。

「わたし、人と約束してるの。大事な話をしなきゃいけな
くて、……ここで待ってないといけなくて、」

「神原まりや様なら、もう出ていかれました」

「……え？」

　なに言ってるかわかんない。

「出ていったって、まりやちゃん、もうここに来たってこ
と？」

「はい。『加藤様は急用ができたので、今日はここには来ら
れなくなった』とお伝えして、帰っていただきました」

「へ？　待って、意味がわかんないよ。なんで中城くんが
まりやちゃんにそんなこと言うの？　ていうかっ、なんで

約束のこと知ってるの？」

「自分の監視対象は、加藤様。それから神原まりや様だと、
雪様より命を受けておりましたので」

　う、そ………。

　愕然とした。

　足元から力が抜けていきそうだった。

　行き場のない気持ちは、すぐには涙に変わることもできず……。

　──パンッ。

　気づいたら、中城くんの頬をたたいてしまっていた。

「ひどいよ。ほんとに、さいてー……っ」

　わかってる。

　中城くんは雪くんから命令されて動いてただけ。

　ぜんぜん悪くない。

　悪くないのに、なにかに当たらないと、もう正気を保っていられなかった。

「なに、うちの使用人に手出してんの」

　低い声が背後から聞こえても、振り向く力もなかった。

　ここに中城くんがいるってことは、雪くんにも最初から伝わってたってこと。

「中城、お前は下がれ」

「はい」

　中城くんが頭をさげる。

　ぴしゃりと扉を閉められた瞬間、わたしと雪くん、ふたりだけの空間になる。

「おれに隠れてまりやに会えると思ったか」

「…………」

「おれを騙して、こそこそと仲良くするつもりだったのか」

「…………」

「答えろよ！」

　ガン！　とそばにあった机が蹴り飛ばされた。

「約束破ったらどうなるか忠告したよな。明日から神原まりやが学校に来れなくなっても文句は言うなよ」

「っ、まりやちゃんにはなにもしないで……お願い……」

　わかってる。

　こんなんで聞き入れてくれる人じゃない。

　でも……。

「まりやちゃんだけはやめて。なにかするならぜんぶわたしにして」

「おれが条件を変えるとでも思ってんの」

「雪くんには悪いと思ってる。でもまりやちゃんは関係ない！　まりやちゃんに危害を加えるんだったら、えっと、わたし学校辞めるから！」

「っ、は……？」

　行き当たりばったりのセリフなんかじゃない。

　周りから距離を置いて、距離を置かれて。

　生きてる理由がどんどんわからなくなって。

　心が壊れかけて。

「まりやちゃんが学校からいなくなったら、わたし生きてる意味ない、大事な友達だもん。雪くんがいるから大丈夫っ

て思ってたけど……」

　雪くんのことも、本当に大事な友達だった。

　情緒不安定だけど、むしろホンモノの雪くんの方が、"普通の男子高校生"っぽくて好きだった。

　雪くんが心を開いてくれてること、束縛したがることだって嬉しくて、ぜんぜん嫌じゃなかった。

　でも今は……。

「今の雪くんとは、もう、一緒にいたくない……っ」

　言ってしまった。

　もう引き返すこともできない。

　ドン……っと肩に衝撃がきた。

　体が傾いて、うしろにあった机たちにぶつかる。

「……っぅ」

　体に痛みを感じてから、突き飛ばされたことをようやく理解した。

　雪くんの足元をぼんやりと見つめながら、もうなにもかも終わったと思った。

　雪くんはなにも言わないまま教室を出ていった。

　雪くんとの関係も、もう正常には戻れっこない。

　まりやちゃんとも話すことができなかった。

　これからどうしよう……。

　どうしたら……──。

　ひとまず立ち上がろうと手を突いたら、ズキッと痛んだ。

　突き飛ばされた衝撃でひねってしまったみたい。

　ぽた……ぽた……。

　次から次へと溢れてくる涙が床にしみをつくっていく。
「っ……うぅ〜〜」
　座り込んで泣き続ける。
　そんな自分の姿が惨めで、さらに止まらなくなる。
　小１時間くらい経ったと思う。
　雪くんが出ていった扉のところに、ふと、誰かが立つ気配がした。
　早く立ち上がらないと……。
　こんなとこで座り込んで泣いてたらびっくりさせちゃう。
　頭ではそう思いながらも、体はなかなか動いてくれないし涙も止まってくれない。
　足音が近づいてくる。
　涙で白く滲む視界の中、わたしに黒い影がかかったのがわかった。
　もう、いいや……どう思われても。
　すべてを諦めた、矢先のこと。
「かとーあみちゃん、久しぶり」
　知っている響きに。
　──ドクリ。
　心臓が静かに跳ねる。
　ゆっくりと、そばにかがみ込む気配……。
　彼はわたしの髪を、するりと一度だけ弄んで、囁いた。
「助けてあげる。おいで」

甘く堕ちる恋

「珍しく来客だと思ったら、またあんたか」

　頷くことも首を横に振ることもできなかったわたしの手を取って、本領くんが向かったのは、Lunaの幹部室だった。

　扉で待ち構えていたのは、敷島くん。

「Solの女を、こう何度も連れてくる本領にはつくづく驚かされるな」

　この前みたいに、嫌な顔をされるのかとびくびくしていたけど、今日は優しく迎え入れてくれた。

「あんたが思ってる以上に、ここは部外者が立ち入るには難しい場所なんだぜ。ゆっくりしていきな」

　改めて室内を見渡しても、ここが校舎の一角だとはとても思えなかった。

　薄暗い室内に、きらびやかなシャンデリア。

　相変わらずゴージャスな雰囲気。

　古風とも現代風ともとれる、とにかく高級感溢れる空間にいると身の丈の合わなさにそわそわしてしまう。

　防音なのか、サッカー部や野球部の野太い声も、体育館からのホイッスルも、吹奏楽部のパート練習の音たちも。

　外からの音はすべて遮断されていて、もはや隔離された異世界みたいにも思えた。

「かとーあみちゃん、こっち」

「う、うん」

　手招きされて、さらに奥の部屋へ。

　中には甘い匂いが漂っていた。

　この前のベッドルームとは違う、広いキッチンに、カウンターに、丸いテーブルたち。

　……まるで小さなカフェみたい。

「すごい、おしゃれ……」

「凝ってるでしょ。ここね、敷島のために造られた部屋なんだ」

「敷島くん……って、今扉のところで会った人だよね？　教室でもよく本領くんと一緒にいる……」

「そう、その〝敷島くん〟。お菓子作るのが趣味なの、あいつ」

「えっ！　食べたい……っ」

　思わず飛びついてしまう。

　ちょっと驚いたように目を丸くした本領くんを見て、はっと思い直した。

「ごっ、ごめんなさい、部外者なのに図々しいこと言いました……」

「んーん。違う違う、嬉しかっただけ」

「嬉しい……？」

「これは俺の勝手なアレだけど、敷島の趣味を知った人は大抵、まず最初に〝意外だね〟って言うんだよね。率直に『食べたい！』が第一声の子は初めて」

　くすくす笑われて、顔が急激に熱くなった。

「っえ、あ、わたし甘いの好きでつい……あと、お腹空い

てたからっていうのもあるかも……」

「ははは。ほーんと、素直で可愛いね」

　また子ども扱いだ……。

　二重の意味で顔が熱くなってること、本領くんは知らないだろうな……。

「だってさー敷島。聞こえてたでしょ。かとーあみちゃんの分のケーキ、もちろんあるよね」

　壁の向こうに声をかける本領くん。

　すると本当に、数秒後に扉が開いた。

「もうすでにメンバー用に切り分けてんだけど、あんた食える？」

「えっ」

　メンバー用……。

　あ、そっか、幹部の人たちの数しか用意がないってことか……！

「じゃあ全然大丈夫です！　わたしが食べたら足りなくなっちゃうの悪いし……！」

「ちげーよ。サイズででかいけど平気かってこと」

　冷蔵庫を開きながら敷島くんが尋ねてくる。

　やがて運ばれてきたのは……。

「わ！　こんなに食べていいんですか!?」

　ホールの４分の１カット。なんとも贅沢なボリューム。

「このクリームの匂いキャラメルっぽい？　クルミものってるっ、美味しそう……」

「合ってる合ってる。練乳をふんだんに使ったキャラメル

ケーキ。相性のいいホットミルクも一緒にどーぞ」

　かたり、と隣にクマさんの絵がついたマグカップが置かれる。

「っ、可愛すぎる……。写真撮ってもいい？」

「好きにすれば」

　カシャッと1枚。

　よく撮れたのを見て口元が緩んだ。

「ありがとうっ、いただきます！」

　口に入れた瞬間に広がるクリームの甘み。

　ほわーっとびっくりするくらい幸せな感覚になる。

「んんんぅ美味しい〜っ！　クリームのキャラメルがもうキャラメル〜〜って感じ！」

　抑えきれない感動がつい飛び出してしまう。

「はは、かとーあみちゃんの語彙力よ」

　またもや馬鹿にされたけど、笑ってくれたからいいや。

　甘いだけじゃない苦味のアクセントもあって病みつきになる。

　合間に挟むホットミルクも最高。

「うう……永遠に口の中に入れときたい……」

　一口一口大事に、味わって食べたつもり。

　でも美味しくて、次から次へとフォークが伸びてしまって。

「ごちそうさまでした………」

　ああ、食べ終わってしまった。

　なんか絶望感がすごい。

　わたしが食べてる間、ずっとスマホをいじってた敷島くんが、ふいにこっちを見た。

「まじで完食したのか」

「とっっっても美味だった……です」

「あんたよく食うな。男に食わせる量だったのに」

　またもや赤面。

　大食いって思われたかな……！

「まだあるけど……食う？」

「！　ほんとに!?」

　いや、待て！

　ここは遠慮すべきでは……？

　もともとLunaの幹部の人たち用に焼いたケーキなんだし。

　部外者のわたしが１切れ分けてもらえただけでもありがたいと思え、だよね。

「だ……いじょーぶ、です……」

「食べたいんだって。敷島もう１カット持ってきて」

　……え？

　渾身の遠慮は、本領くんの言葉で上書きされた。

「了解」と席を立つ敷島くん。

　あ、あれっ！

「い、いやわたし……」

「た、べ、た、い、って顔に書いてあった」

「ひえ」

「俺の目はごまかせないよー。……なあんてね。かとーあ

みちゃんがわかりやすいだけか」

　またくすくす笑われる。

　もともとよく笑う人だとは思ってたけど、ここまでとは思わなかった……。

　ありがたく、さらにもう１切れ（と言えないほど大きい）頂くことにした。

　敷島くんって本当にお菓子作りが上手なんだと思う。

　最終的にワンホールの半分をひとりで食べてしまったわけだけど、途中で舌が飽きることもなく、胃もたれすることも、胸焼けすることもなかった。

　あ〜っ幸せだった。

　お店出してほしいレベル。

　常連になりたい……。

　ホットミルクの最後の一口をすすって余韻に浸っていると、ふと、向かいから視線を感じて。

「……っ！」

　本領くんと目が合った。

　クマさんのマグカップを口につけたまま固まってしまう。

　頬杖をついて、まっすぐにわたしを見つめてくる本領くん。

「………？　なあに？」

「いや。かとーあみちゃんが、思ったよりちゃんと笑えててよかったなあと」

「あ……、う、ええとさっきは、その節はどうもご迷惑を

188

おかけして……っ」

　そうだ、空き教室でうずくまって泣いてるのを見られたんだった……！

　ケーキのあまりの美味しさにすっかり忘れてた。

　……ううん、嘘。

　雪くんの冷たい目とか、声とか、突き飛ばされたときの痛みとか、押さえ込んでただけで、本当はぜんぶ焼きついてて。

　だけど押さえ込むことができたのは、本領くんが手を取ってここに連れてきてくれたおかげ。

「おかげでちょっと元気戻った気がする。本当にありがとう……」

　姿勢を正して頭をさげる。

　あのタイミングで助けてもらえなかったら、わたしはおかしくなってたと思う。

　傷が癒えたのはもちろん、助けてもらったおかげで冷静になって、わかったこともある。

　人間ぎりぎりまで追い詰められると、周りのことが一切見えなくなるってこと。

　していいこととか、悪いこととか、考える力も奪われる。

　現にわたしは、悪くない中城くんをたたいてしまった。

　言い訳にも聞こえるかもしれないけど、あのとき手が出たのは、本当に"無意識"だった。

　操られてるみたいなの。

　怒りとか悲しみとかを通り越した、なにか黒いものに飲

み込まれて、自分が自分じゃなくなるみたいな感覚……。

　雪くんのアレも、もしかしたらそういう感じのものだったのかも……って、初めて理解できた気がしたんだ。

「かとーあみちゃんって、強いよね」

「つ、強い？　かな……」

「守る必要がない、って意味じゃないよ」

「う……ん？」

「巨悪なものを、どかーんと吹き飛ばす力を持ってるよねってこと」

　強い？　どかーんと吹き飛ばす？

　そんな力を披露したシーンあったかな……。

「怪力ってこと……？」

「最高の女だってこと」

　わたしたちのやり取りに、なぜか敷島くんが吹きだした。

「あーあ。本領が女とこんなに喋ってるのすげーなって思って見てたけど、違うな。本領にここまで喋らせるあんたがすげーや」

　そう言いながら立ち上がって、ケーキ皿を重ねていく。

「あっ、わたし洗うよっ！　ご馳走になったんだからそれくらい……」

「いい。この皿高いんだって。割られたら困る」

　ひょいと高いところに持ちあげられて、奪うことができなくなった。

「オレ今から余った材料でまたなんか作りたいから、お前ら出ていってくんね」

　えっ！　そんないきなり、ふたりきりなんて……！

　動揺するわたしをよそに、本領くんは涼しい顔。

「だってさ。もう行こーか」

「あ、う、うん」

　いや普通に考えて、もう帰るってことだよね。わたしが。

　ひとりで慌ててバカみたい。

　カフェみたいなキッチンを出て、左に曲がる。それから
ディスコルームもどきの部屋を経由して、右……。

　本領くんについて歩きながら、はたと記憶をたどる。

　この部屋、この通路……入ってきたときに通ってない。

　えっと、出口は別にあるってこと？

　いやでも前にお邪魔したときも出入り口は一緒だったは
ず！

　て、ことは……まだ帰らないってこと？

「かとーあみちゃん。ちょっとそこのソファ座って」

「へ！」

　本領くんの視線の先には黒い高級ソファ。

　座ってなにするんだろう！

　本領くんといると息が苦しくて困るし、鼓動も速いまま
で困るし、とにかくぜんぶ困るのに……。

「早く座って」

「で、も」

「いーから座れ」

「はい……」

　体が勝手に動く。

　どきどきする。

　やっぱり王様だなあって思う瞬間。

　もちろんいい意味で。

　わたしが座ったあとに、本領くんも隣に座った。

「かとーあみちゃん手首見せて」

「手首？」

「ちょっと腫れてたでしょ。へーき？」

「あ……」

　そうだ、雪くんに突き飛ばされたとき、手がぐきってなって……。

「大丈夫だよ。ちょっとひねっちゃったんだけど、全然使える！　ケーキも普通に食べられたもん」

「ひねったときって、あとから腫れも痛み増してくるんだよ。湿布持ってくるから冷やしときな」

　部屋を出ていって、２分ほどで戻ってきた本領くん。

「ん」と、わたしに手を差し出させて、ぴたっと貼ってくれた。

「ありがとう」

「かとーあみちゃんってよく怪我するの？」

　お礼をかき消すようにして尋ねられた。

「そういうわけじゃない、よ？　あ、この手首はたまたまで……」

「前にかとーあみちゃんが道路で転んでた日にも、手首にアザあるの見えてさ。登校時にはなかったのに、いつ、どうやってついたのかなってずっと気になってた」

「っ──、」

　あれはたしか、わたしが連絡をすぐに返せなかったから雪くんの機嫌が悪くて。

　空き教室に連れていかれる際に、ぎりっと強く握られたから……。

「……言いたくない？」

「う、ううん……アザとかあったかな？って、思って……。自分じゃ気づかなかったから、」

「そっか。そーだね、俺の見間違いだったかも」

　嘘はつきたくないし、雪くんを悪者にもしたくない。

　どう返すのが正解かわからない……。

「本領くん優しいよね。わたしのこと嫌いなのに、小さいことにも気づいてくれる……」

「……ああ、なんか、ね。スパイじみた癖が抜けなくてさ。敵が近くにいると無意識に目で追っちゃうんだよね。かとーあみちゃん見ててもいいことないし、直したいんだけど」

　そう……だよね。

　敵の彼女なんか、ほんとは視界に入れたくもないよね。

　違うクラスだったら、こんなこと思われずに済んだのかな……。

　目頭がじわっと熱くなって、慌てて瞬きをした。

「でも救われたのは事実だから……。　なにかお礼させてくれないかな……？　この前、熱が出たときのお詫びもまだ、だったし」

　わたしにできることなんてたかが知れてるけど、与えて
もらってばっかりだから少しでも恩を返したい……。
「そーいえばそうだったね。あのときかとーあみちゃん、"な
んでもする" って言ってたっけ」
「うっ、まあ、そうですね……できる範囲で、しっかりが
んばります……っ」
　今さらながら怖くなってきた！
　憎いから消えろ、とか言われたらどうしよう！
「はは、どうしようね、俺がなに言うか怖いね」
　瞳が意地悪く弧を描く。
　うう～っ、なんでいつもお見通しなのっ？
「じゃあ、まずは俺の膝にまたがって」
「……へ」
「５秒以内。ほーら早く」
「え？　わ、わかりました……？」
　深く考えてる暇はない。
　王様の命令は絶対……！
　いったん腰を浮かせて、本領くんのお膝の上。
　向かい合うかたちで、またがって……。
　そして。
「っ！」
　あまりの近さに、息が止まった。
　びっくりした反動で飛び退きかけたのを、本領くんの手
がしっかりと引き止める。
「は、わ」

「ん、いい子。次はなにしてもらおっかな」

「っ」

「なんでも、してくれるって約束だよね？」

「う、うん」

「じゃあさ。かとーあみちゃんからキスしてよ」

　な、……今、なんて。

　聞き間違い………？

　いや違う！

　たしかにキスって言った……っ。

　なんで？

　理由なんて考えちゃいけない。

「天沢の彼女なんだから、こんなの慣れてるでしょ？」

　本領くんが言うならなんでもしなきゃ。約束したし。

　それに、好きだから望んでくれるならなんでもしたい。

　でも慣れてるって思われたくない。

　勘違いされてるのが苦しいよ……。

　目の前がぐるぐる、ぐるぐる……。

　距離の近さもあってか、まともな思考ではいられなくなっちゃって。

　もうわけがわからないまま、目の前の唇を見つめる。

　触れるだけ、触れるだけ………。

「……なあんてね。冗……」

「ん……」

　一生懸命、自分のを、重ねた……。

　重ねた……のは、いいものの。

　さぞ真っ赤になっているであろう顔を相手に見せないように離れるには、どうしたらいいんだろう……。

　考えなきゃいけないのに、うるさすぎる鼓動が妨げてくるから。

　離せなくて。

　離せないから、息もできなくて。

　本領くんも固まっちゃった……どうしよう。

　わたし下手くそだったかな……？

「っ、は、ぁ」

　酸欠寸前になってやっと生存本能が働いたみたい。

　呼吸の仕方を思い出した。

　ようやく息を吸えた、と思った矢先。

「んん……っ」

　再び、熱い熱に塞がれる。

　脳がびり…と甘く痺れた。

「……っ、……ん、」

　形をたしかめるように丁寧に重なって。

　ゆっくり離れて。

　今度は下からすくいあげるようにして押し当てられる。

「んぅ…っ」

　甘い……。

　くらくらする……。

　どうしよう……頭、ぼんやりして、本領くんのことしか考えられない……。

「ね、……あみちゃん、なんでこんなに甘いの？　……とま

んない、」
「っぅ、やぁ……」
　理性がぐらぐら揺れて、今にも崩れ落ちちゃいそう。
　もっとしてって……言葉にしそうになる。
　こんなのだめなのに……なんでだめなのかすら、わから
なくなりそうだった。
　本領くんの手が、わたしの指先を探し当てて、ぎゅっと
握る。
　ドク、と痛いくらいに動く心臓。
「だめ……だよ、」
　ぎりぎりのところで、その唇をかわした。
　こんなのだめ。
　だって、本領くんには……。
「好きな人が……いるのに」
　甘いのと気持ちいいのと、好き……なのと。
　ぜんぶが混ざって涙が出た。

太陽に逆らう影

　頭が割れそうに痛い。

　またあの感覚だ。真っ黒いものが押し寄せてきて思考を奪われ支配される。

　自分が自分じゃなくなるような。天沢雪という人間の輪郭すらわからなくさせるような。

　狂っていく心が制御できない——。

「雪様。本日は19時より商社の役員の方々との会食がございます。家に到着次第すぐにご準備をお願いいたします」

　傍らで話す中城の声も、どこか遠くで聞いているような感覚だった。

「雪様、聞いているのですか」

「…………」

「雪様」

　肩を掴んでくる手を振り払う。

「……もいい」

「え？」

「もうぜんぶどーでもいい……」

　杏実がおれから離れていく。

　はっきりとした拒絶だった。

『今の雪くんとはもう、一緒にいたくない……っ』

　……そんなの。

　半開きになって通路を塞いでいた非常階段の扉を、思い

きり蹴り飛ばした。
「雪様。ここはまだ学校です。放課後で人が疎らとはいえ、どこで誰が見ているかわかりません」
　うるさい。
　周りにどう思われようがもうどうだっていい。
　まともな人間ぶったところで、もう杏実は戻ってこない。
　生まれたときからおれは欠陥品だった。
　他人を信じる力がなくて世の中のものすべてが敵に見えた。そのくせ他人から好かれることでしか自分の価値を見いだせなかった。
　おれみたいな人間は、天沢家の長男として生まれてくるべきじゃなかった。
　おれにとって数少ない大事なものを、大事にしたいのに。
　……それらに限っていつもみんな遠くへ行ってしまう。
　どうせこうなるならいっそ……。
　いっそ──。
「杏実の家に車を回せ……。帰り着いたところを捕らえておれの部屋に連れてこい」
「……加藤様をどうなさるおつもりですか」
「……お前に関係ないだろ」
「いいえ」
「いいえ、じゃねーよ！　使用人のくせにごちゃごちゃうるせぇ……」
　自分の声が不自然に途切れた。
　中城が、おれの胸ぐらを掴んだからだ。

　冷静な瞳がまっすぐに射抜いてくる。

「頭冷やせ、雪」

「……っ」

　心臓がドクリと大きく脈を打った。

　ずっとどこか遠くで聞いているような感覚だった声が、今度はきちんと近くで響いた。

　中城に"雪"と、呼ばれたのはいつぶりだろう。

「お前が招いた事態だろ。取り戻したいならてめぇの力でなんとかしろ。甘ったれてんじゃねぇよ」

　いつだって能面みたいだった表情が崩れている。怒りをはらんだ声をおれにぶつけてくる。

「好きな女を幸せにすんのが男の役目だろ！」

　頭に流れ込んでくるのは昔の記憶。

　毎日のように遊んでいた男が。

『雪様。本日よりそばでお仕えいたします』

　ある日突然、知らない顔をしておれの前に立ったときの絶望。

　がくり、と足元から力が抜けた。

「っ、おい雪、」

　焦った声が落ちてくる。おれの腕を雑に引きあげる力が懐かしかった。

　なんの前触れもなく床に落ちていったのは──涙。

「雪……？」

「……もう二度と、こーいう風には喋ってくんないんだと思ってた」

　おれが自力で体勢を立て直したのを確認すると、その手はすっと離れていく。

「今のは忘れてください。出すぎた真似をしました」

「……そうか」

「使用人は主人に対して特別な感情を持ってはいけません」

「…………」

「ですが使用人である以前に、オレは雪様の数少ない友人の第１号です。時たまの干渉<ruby>干渉<rt>かんしょう</rt></ruby>はお許しください」

　そう言いながら、おれの緩んだネクタイを丁寧に締め直した。

　体にまとわりついていた黒いものが少しずつほどけていく。

「……"数少ない"は嫌味だろ」

「事実でしょう」

「……じゃあその友人第１号サン」

「はい」

「今から……ちょっとだけ、雑談に付き合ってよ」

　会食に間に合わないから手短に済ませるようにと中城真尋は言った。

　それから「初めに言っておかなければならないことがある」とおれに謝った。

　杏実の行動について、おれに、たびたび嘘の報告をしていたらしい。

　悪びれた様子もなく、最初から最後まで淡々と話してい

た。

　中城真尋らしいと思った。

「本領の件、おれに黙っておこうと思った理由は？」

「それはもちろん、雪様がお知りになれば、本領を殺すか、加藤様を壊してしまうか。どちらかにしかならないと思ったからです」

「じゃあ、今、白状した理由は？」

「さあ……。もう大丈夫だと、思ったからですかね」

「根拠もないのにか？　このまま気が狂って本領を刺しに行くかもしれないぜ」

「いいえ。表情が、少し昔の……俺と一緒に遊んでいた頃の雪様に戻っているのでもう大丈夫です」

「はあ？　きも……」

　素で引いた声が出た。

「このお口の悪い雪様は本物ですが、みんなが思う太陽みたいな"雪くん"もニセモノではないこと、俺は知ってますからね」

　もうやめろ、と立ち上がる。

　昔のことを掘り返されるのは苦手だ。いい思い出が全くない。

「そういえば杏実さんは、雪様のことを永遠に"ただの情緒不安定な人間"だと思ってるの、アレおもしろいですよね」

「"杏実さん"？」

「おっと口が滑りました」

「わざとだろ。煽りに乗る気力はあいにくないけどさ……」

「では改め加藤様……。初めにお会いしたときは頭の緩い、めでたい女だなと思っておりました。雪様が執着される理由が正直全くわかりませんでしたね」

　こいつ……。

「今ならなにを言ってもおれが怒らないとでも？」

「ええ。ですからお伝えするなら今しかないと思いまして。申し訳ございません。俺もたぶん、加藤様のことが好きなんですよね。……いつの間にか好きでした」

　中城はそう、なんでもないことのように言い放った。

「……は」

「あの方すごいですよ。俺は伝達事項以外は基本的に"はい"か、"いいえ"しか応えないのですが、毎日毎日懲りもせず話しかけてくるのです」

「まあ……杏実はお喋りだからな」

「初めは俺に媚びでも売りたいのかと思っておりました。けれど、きっと初めから俺に返事なんて求めてないんですよね。聞いてもらうために話してるんじゃない。喋りたいから喋ってるだけで」

　そう。杏実の行動は自分の気が赴くまま、自由気ままに本能的で、こっちのペースをいつだって乱してくる。

　喋りたいから喋る、食べたいから食べる。

　嬉しいから笑う。悲しいから泣く。

　当たり前のことように思えて、あそこまですべての行動に嘘がない人間は珍しい。

「ほんとめでたい頭だよ。他人の心に土足で踏み込んでくるくせに、周りの自分に対する気持ちにはすこぶる鈍いんだぜ」

　悪く言えば自己中なのに、あのでたらめな強さに何度救われたかわからない。

「あれだけ雪様のそばにいて気づかないのはおもしろかったですよ。時々、わざとなんじゃないかと思うくらい」

「おもしろいことが多くていいなお前は」

「今日は本当に怒らないんですね。殴られると思ってました。皮肉を返すだけで精一杯とは」

　どうしてこう冷静でいられるのか、自分でもわからない。

　好きな女が、よりにもよって本領と、おれの知らないところで繋がっていた。

　中城はそれをおれに黙っていて、あげく、自分も杏実のことが好きだと言う。

　気がおかしくなりすぎて、一周回ってなんにも感じなくなったのかもしれない。

「人間、傷心しすぎると感情を喪失してしまうこともちろんありますが、今の雪様は違うように見えます」

　相変わらず、こいつはこちらの思考を見透かしたかのようなタイミングでものを言う。

「雪様の殺気はわかりやすいんですよ。みんなの目はごまかせてもいつも俺にはバレバレです。けれど今は本当に穏やかな感じがいたします」

「……お前よく恥ずかしげもなくそんなこと言えるな」

　中城の言うことが本当だとしたら、ひとつ言えるのは "安心" したからだと思う。

　とうに失ったと思っていた "友達" の中城真尋が、今はたしかに隣にいるから。

「まあ、俺が加藤様に抱いていた想いは、憧れに近いものもあったと思います」

「憧れ？」

「あの方は、雪様を "天沢家の長男" としては一切見ていないようでしたので」

「そー……か？」

「雪様が一番よくわかっていらっしゃったでしょう。加藤様は、雪様に対していい意味で遠慮がありませんからね。初めの頃は多少無礼にも感じるほどでした」

　中城は懐かしそうに笑ってみせた。

「おふたりが並んで話しているとき、間になんの隔たりも見えないのです。周りの方もそう思われているでしょう。加藤様は本当にすごい方だと思います」

　隔たりがない……か。

　本当にそう見えてたなら、嬉しいけど。

　否実の中に、派閥という概念はおそらく存在しない。

　SolとLunaに無関心なのがその証拠だ。

　おれ自身に興味がないわけではなく、SolとLuna、天沢派と本領派……そういう区切りに無頓着。

　これは、みんなが平等であるべきだという立派な考えからではなく。

　杏実自身がどうでもいいと思っているから、どうでもいい、というだけのハナシ。

　杏実が一度、おれのことを友達だと思えば、おれは友達以外の何者でもない。

　極端なハナシ、たとえおれが凶悪殺人鬼だったとしても、杏実がそれ以前におれを友達だと思っていれば友達。

　それほどおそろしく自分に素直なんだ。

　他人の評価——善悪に全く囚われない。

　だから杏実の視線が本領墨に向いたとしても不思議じゃないと……。

　初めからわかっていたから、いつかこんな日が来るんじゃないかとおそろしかった。

　周りがいくら本領を"悪"だと噂したところで、それを判断するのは杏実。

　たとえ本領が本当に"悪"だったとしても、杏実が好きだと思えばそれでいいのだ。

　おれの好きな女の世界は、そういう風にできている。

*　*　*

　——チュチュン……チュンチュン……。

　スズメの囀りで、ここまで朝を意識する日が来るとは思わなかった。

　起きてしまった……。

　昨日の夜、一刻も早く眠りたかったのに眠ったら起きな

きゃいけないのがつらくてなかなか眠りにつけなかった。

　頭もまぶたも手足もぜんぶ重い。

　行きたくないなあ……学校。

『今の雪くんとは、もう、一緒にいたくない……』

　ひどいこと言っちゃった相手と。

『だめだよ……好きな人が……いるのに』

　キスしちゃった相手……と。

　同じクラスだから、どちらからも逃げられない。

　このまま休んじゃおっかなあ……。

　甘えに走りかけた思考を振り払う。

　今逃げたところで、いつかは向き合わなくちゃいけないことだから。

　雪くん、怒ってるだろうなあ……。

　あの雪くんが怒らないわけないもん。

　雪くんの中では、もうわたしとは絶交したことになってるかもしれない。

　元には戻れないとしても、気持ちの悪い終わり方になるのは嫌だった。

　昨日はわたしも冷静じゃなかったから、思っていることも八つ当たりみたいにしか伝えられなかったし……。

　のそのそと準備をして、のそのそと制服に腕を通した。

　玄関を出ても、当然、雪くん家の車が停まってるわけもなく……。

　のそのそと歩いて学校に向かえば、もう遅刻ぎりぎりの時間になってしまっていた。

　はあ……。

　校門の手前まで来て、やっぱり帰ろうかなと思った。

　今、わたしは全校生徒に性格の悪い女だって思われてる。

　毎日毎日、突き刺さる視線は変わらず痛いし、すれ違いざまにひそひそ聞こえてくる悪口もそう簡単に慣れるものじゃなくて……。

　うう、胃がぎりぎりする……。

　特に、今日は隣に雪くんがいないから……。

　わたしにしっかり聞こえるように罵声を浴びせられたらどうしよう。

　いや、それくらいならまだなんとか！

　廊下を歩いてる隙に空き教室に引きずり込まれて、フルボッコにされたりしたら……！

　次から次へと襲ってくる不安に、歩くペースがどんどんどんどん遅くなっていく。

　帰りたい帰りたい帰りたい……っ。

　校舎内に入りはしたものの、ついに足を止めてしまった。

　そのとき。

「あ、加藤さんだ!!」

　前を歩いてた女の子軍団のひとりが急に振り向いたかと思えば、

　それを合図に、周りの子たちも一斉にわたしを見て。

　びくぅっと震えあがった。

　どっ、どうしよう！

　ここは生徒がたくさん行き交う校内。

　公衆の面前でフルボッコ………!?

　そうこうしているうちにも、6人の女の子全員が、わたしを目がけて走ってくるではないか。

　ひいっ、怖い怖い怖いよ……！

　わたしの学校生活も今日で終わりかもしれない。

　目の前がぐるぐるして、もういっそのことこのまま倒れちゃおうかな……なんて。

「加藤さん！　喉大丈夫!?!?」

　わたしに投げかけられた第一声は──それだった。

　え……？

　今なんて？

　ノド、ダイジョウブ……？

「へ？　あ……」

「風邪拗らせて、扁桃腺が腫れに腫れまくって、まともに声も出せない状態だったんでしょ……!?」

　風邪拗らせ……？

　ヘントウセン……？

　まともに声も出ない……？

　全く身に覚えがないことに、頭の中がハテナマークで埋めつくされていく。

「あ、あのわたし……」

「っあ、ごめんね！　無理して喋んなくて大丈夫だよ！毎日つらかったよね……」

　つらい？

　たしかに毎日つらい状況ではあったけど、なんか、全然

会話が噛み合ってないような……。

「本当に災難だったね。風邪拗らせて 1 か月以上も声が出せなかったなんて、そりゃあ精神的にも病んじゃうよ〜〜」

「声が出にくい状態なの知らなくて、私たち無視されてるんだとばっかり思ってて……悪く言っちゃってた、ほんとにごめんね……」

　初めはなにを言ってるかさっぱりで、誰か他の人のことと勘違いして喋ってるんじゃないかと思ったけど。

「思えば加藤さん、クラスのみんなとだけじゃなくて、一緒にいる雪くんとも全然話してなかったもんね……。その時点で気づくべきだった……」

　一方的に与えられ続ける情報から、もしや……とある憶測が頭に浮かんだ。

　教室に着くまでずっとその女の子軍団の話を聞きながら、憶測は確信に変わる。

　わたし、加藤杏実は 1 か月以上もの間、風邪を拗らせて、喉をやられ、まともに声が出ない状態になっていた……らしい。

　声がうまく出せない不安から精神的にも不安定になり、塞ぎ込んで、周りから距離を置いてしまうようになって。

　話しかけられても笑顔も返せないほどひどい状態だったんだとか……。

「周りに心配をかけたくないからって黙ってたって聞いたよ。加藤さん健気すぎでしょ……」

「まりや優しいから心配するもんね……。でも親友なら頼っ

ていいと思うよ！」
「てか、加藤さんの意思を尊重して、黙ってずっとそばに
いてくれた雪くんかっこいいわ……」

　つまりは、こういうこと。

　雪くんの言いつけで雪くん以外の人との関わりを絶って
いたわたし。

　当然、周りからは性格の悪い女として見られる。

　そこに "特別な事情" がない限りは。

　いくらみんなが不快に感じる行動をとったとしても、特
別な事情があれば許してもらえることがある。

　許してもらえるどころか、むしろ同情されて、あっとい
う間に味方についてくれることだって……。

　そう、これは雪くんが偽造りあげた。

"特別な事情"

「雪くんね、加藤さんがみんなに誤解されてるのが我慢で
きなかったんだって。"杏実は誰よりも優しい子だから"っ
て、朝からみんなに力説して回ってたよ……！」

　うそ、雪くんが……？

　わたしのこと怒ってるんじゃないの……？

　て、いうか。

　いやいやいや！

　１か月以上も扁桃腺が腫れに腫れまくってまともに声が
出ないなんて、いったいどんな風邪……!?

　たとえ本当にそんな病状があったとしても１か月はやば
いでしょ！

　そんなにひどい状態なのに毎日平然と学校来てるのはいくらなんでも強すぎだし。

　早く入院しろ、でしかない……！

　なんでみんな信じきってるの？

　みんなの頭どうなってるの大丈夫？

　なあんて、不思議に思うことじゃ全然なかった。

　この世は、天沢　雪くんが"そう"言えば"そう"なる世界なのである。

　なんか壮大なストーリーができあがっちゃってたけど、助かった……。

　雪くん、どういう心境の変化なんだろう。

　わたしの愚行も許せちゃうくらい、今日の情緒すこぶるよかったのかな……。

　これでもう、まりやちゃんとも話せる……？

　今すぐにでもまりやちゃんのところへ飛んで行きたい気持ちを抑えて、雪くんの姿を探す。

　──探そうと、した。

「ていうか、ゆきあみ、距離置くらしいね」

　不意に、そんな会話が耳に入ってきて、ぴたりと足を止める。

「雪くんがお見合いするからだってさ……。せっかく加藤さんの喉が治ったタイミングでつらいよね……」

「それみんな言ってるけどほんとなの？」

「ほんとだよ！　だって雪くん本人が言ってたんだもん！家の事情に杏実を巻き込みたくないからって。だから杏実

とは距離を置くけど、ていうかゆくゆくは別れることに
なっちゃうと思うけど、みんなそっとしておいてくれると
助かるって」

「えっ、なにそれ切なすぎる〜〜……」

　えっ、なにそれ……。

　は、わたしのセリフなんだけど……。

　今まで、わたしがどれだけみんなの誤解を解きたいと
言っても断固拒否してた雪くん。

　あっさりそんなこと言っちゃうの……？

　率直に「よかった」とは思えなった。

　わたしと絶交したいからだと考えれば辻褄は合うけど

　それならもっと、一方的に振ったとか言えばいいのに。

　同情がわたしに流れるような言いぶり。

　わたしを悪者にさせない優しさが、逆に不安を煽る。

　なんか嫌な予感がする……。

「中城くん！　中城くん……！」

　いつまでたっても教室に現れない雪くんに痺れをきらし
て、隣のクラスに駆け込んだ。

「中城くん！　あのね、昨日はたたいちゃってほんとにご
めんね……。ほっぺた、傷とかついてない？　それで、雪
くん今どこいるか知ってる？」

「気にしていませんよ。傷も大丈夫です。雪様の居場所は
知りません」

「知らないわけないじゃん、雪くんの側近じゃん」

「知っていたとしても加藤様にお伝えすることはできません」
「なんでもするから教えて！」
「加藤様……。異性相手に、なんでもする、などと軽々しく言わない方がよろしいですよ」
　うう、意地でも言わないつもりか……。
　相変わらずガードが堅いなあ……と諦めたそのとき。
「そうですね。それでは今度、ご一緒にお茶でもいかがでしょう」
「……え」
「約束してくださるなら、お教えしても構いませんよ」
　にこ、と珍しく微笑んだ中城くん。スーパーレア。
　頷かない選択肢はなかった。
「ぜひ一緒にお茶する！　ありがとうっ」

* 　* 　*

　中城くんが教えてくれた場所。
　西の非常階段まで走った。
　弾んだ息のまま駆けあがろうとしたところで、誰かの話し声が聞こえてきた。
　あれ？
　雪くんと……もうひとりいる……？
　そろりそろりと近づけば、だんだん声がはっきりとしてくる。

　相手は……女の子。

　まさか密会？

　わたしに愛想を尽かして、もう好きな子を乗り換えたのかな。

　だったらわたしがここにいたら非常にまずい。

　修羅場だ……。

　どうする？

　教室に戻る？

　でも下手に足音立てたらバレちゃう……。

「……そうだったんだね。本当のこと話してくれてありがとう雪くん」

　そろりと一歩後ずさったのと、よく知った声が耳に届いたのはほぼ同時だった。

「えっ、まりやちゃん？」

　思わず飛び出た声。

　はっと口を塞ぐけどもう遅い。

「杏実っ？」

　まりやちゃんのびっくり声が階段に響きわたった。

　直後。

「杏実〜〜〜っ」

　まりやちゃんが勢いよく階段を降りてきた。

　その後ろから、ゆっくり雪くんが姿を現す。

　えっと、あれ、これはどういう組み合わせ……。

「久しぶり！　あのね、雪くんからぜんぶ聞いたよ」

「んえ……ぜんぶって」

「本当は付き合ってなかったことも、この前から、杏実が全然喋ってくれなくなった本当の理由も」

　付き合ってなかったことも？

　雪くんそこまで言うなんて……。

「ちなみに、わたし風邪ひいてのどが腫れに腫れまくってたわけじゃないよ？」

「あははっ、うん、それも聞いたよ。雪くん、私だけには本当のことを言っときたかったんだって。これでもかってくらい謝られちゃった」

　わたしが見上げると、雪くんは罰が悪そうに目を逸らした。

「言いたいことはいっぱるあるけど、杏実は雪くんに会いに来たんでしょ？　今はふたりでちゃんと話しなよ。私は教室で待ってるからさ」

　じゃあね、と手を振って、まりやちゃんは去っていこうとする。

「神原さん、聞いてくれてありがとう。……ごめんね。杏実のこと、これからもよろしくね」

「いえいえ。雪くんも本当のこと教えてくれてありがとう。ちなみに今のところ私はゆきあみ推しだから！　がんばってほしいな〜」

「あははっ、おれの話聞いたあとにそれは笑うって。ありがとう〜」

　爽やかに手を振り返すのは、みんなの前の太陽みたいな雪くん。

　まりやちゃんの姿が見えなくなった瞬間、「……はあ」と、なんとも気だるげなため息が隣で聞こえた。
「つーかお前、なんで来たの?」
　どかっとそのまま階段に腰をおろす。
　あ……いつもと変わらない、雪くん、だ。
　安心する。
　ヘンに心配する必要はなかったのかな……。
「朝、教室で待ってても来なかったから、雪くんのこと探してて」
「教えたの中城だろ」
「う……ち、違うけど」
「あいつ、誰かさんと同じでおれの言うこと全っ然聞かねえんだよな」
　その誰かさんを睨みながら、もう一度ため息。
　やっぱり怒ってる……。
　けど、いつもの鋭さはなくて……。
「雪くん、わたしとはもう、絶交したい……?」
　おそるおそる、隣にかがんで聞いてみる。
「絶交?　当たり前じゃん」
「っ、」
　どうしよう。
　いざ面と向かって言われると、つらいかも……。
「……なんで?」
「はあ?　わざわざ言わなきゃわかんねーのかよ。本領のことが好きな女なんて顔も見たくもないけど?」

「っえ……なんっ」

　今、本領、って言った。

　知ってた……の？

　本領くんと関わったことだけじゃなくて、わたしの気持ちも……？

　たしかに前、好きな人ができたかもって雪くんにこぼしちゃったけど……。

「てことだから、もういいだろ。お前と話すことなんかなんもない」

　冷たい声。まるで他人、みたいな。わたしが隣にいるのも嫌、というようにさっと立ち上がる。

「雪くん。友達……に、戻るの、無理……？」

「いや……なに泣きそうな顔してんの」

　振り向いた雪くんの表情にちょっと焦りが混じる。

「おれの気持ちには応えられない。しかもよりにもよって本領が好き。それなのに友達に戻りたいとか自分勝手にもほどがあるだろ」

「っ、……」

「けどいーよ、わかったよ」

　おもむろに伸びてきた手が、わたしの頭を雑に撫でる。

「好きな女を泣かせる方が最低だからな」

　──今まで聞いた雪くんの声の中で、一番優しい響きだった。

月に隠れた秘密

　あれから1週間。

　嘘みたいに平和な日常が戻ってきた。

　今もまりやちゃんが隣にいて、佐々木くんとの恋路を聞きながらお弁当を食べてるところ。

「でさ……ついに昨日、……しちゃったんだよね」

　誰かが近くにいないかきょろきょろと確かめたあと、こそっと耳打ちしてきたまりやちゃん。

　聞いただけなのに、かあっと顔が熱くなった。

　しちゃったって……。

　キスは付き合ったその日に済ませてるはずだから、……だから……。

「ええと、つまり……」

「そう、キスよりすごいこと」

「っ」

　う、うわああぁ……大人だ。

　輝いて見える、眩しい……。

「それってさ、その……どういう流れでそうなる、の?」

「ええ〜?　なんか、ふたりでくっついて座って、いつもみたいにキスしてたら……自然と?」

　そ、そうなんだ……。

「怖いとかは、ない?」

「んー初めは緊張したかなあ。でも好きな人と触れ合って

るとそーいうのすぐに飛んでいっちゃうんだよね」

「そー、なの？」

「キスされながら名前呼ばれたり、……甘いことされたら、もう他のこと考えられなくなっちゃって。気づいたら、もっとしてって……思っちゃう」

「……っ」

　──ドクン。

　心臓が反応した。

　思い出してしまうのは……あの人の体温。

『ね、……あみちゃん、なんでこんなに甘いの？　……とまんない、』

　じわっと、体の中心が熱を持つ。

　っ、だめ……忘れなきゃ……。

　あのとき、本領くんがキスしてって言ったのは、たぶん遊び感覚……。

　本領墨は気まぐれで女遊びが激しいって……噂でも聞いたことあるし。

　鵜呑みにしちゃだめだけど、そう考えれば、わたしなんかを相手にしてくれたのも納得がいく。

　苦い初恋の思い出として墓場まで持っていこう。

　本領くんにとってはたかがキスだったかもしれないけど、わたしにとっては初めてなんだもん……。

　こっそり大事にするのくらい、いいよね……？

「ていうか、杏実は進展ないのー？」

「っえ！」

「あ、もちろん私はゆきあみ推しだけど～。杏実の好きな男、
せっかく同じクラスにいるのにさ」

　勢いよくばっと教室を見回して、ほっと息をつく。

　よかった、本領くんいないみたい……。

「うーんと……。望み、ないんだよね」

「まあ派閥の問題がねえ……」

「そうだよね……。それもあってかわたし、本領くんに『憎
い』って言われちゃって」

「え、憎い!?」

「うん、前に話す機会があったときに言われてるんだよね。
脈なしすぎる……よね。嫌われてるところからのスタート
は、望みないよね……」

　まりやちゃんは「うー……んー」とゆっくり唸（うな）った。

　わたしを励ます言葉を考えてくれてるらしかったけど、
結局思いつかなかったらしい。

「厳しいね、それは～」

「あはは、だよね……」

　教室にいても、喋りかけてくれることは当然ないし。

　相変わらず目も合わないし。

　わかってはいたけど、人に改めて言われると……。

「っ、……ぅ」

「え、杏実……？」

　平和ボケしてた涙腺が、壊れてしまった。

　どーしよ……お昼休み、みんないる中で。

「わっ、ごめんね杏実！　そんなに好きだったんだね……

私も応援するから、がんばろ……っ」

　励まされたら余計に出てくるから困る。

　がんばって泣き止もうと思ったのに……。

「杏実ちゃんどうしたの、大丈夫？」

　何人かの女の子たちが周りに集まってきてくれて、慌てて笑顔を返した。

「大丈夫、なんでもない！　ごめんね……っ」

「いやでも泣いてるじゃん！」

「ちょ、ちょっと寝不足で目が……！」

「無理しないでいいんだよ～～。雪くんのことつらいよね、忘れられないなら無理に忘れなくていいと思う」

　うう、違うけど……。

　ここで全力で否定するのもおかしい。

　だって、みんなの中でわたしと雪くんは元恋人同士なんだもん。

　みんなの中でのわたしは、雪くんの家庭の事情で別れなきゃいけなくなったかわいそうな彼女だから……。

　もうどうしたって叶わない気がしてくる。

　天沢派と本領派。そんな区切りいらないのに。

　誰にも言えない。

　本領くんを好きなだけなのに、いけないことだと責められそうで。

　好きなことが罪みたいに扱われる……。

「ごめん、まりやちゃん。わたし、ちょっと水道で顔洗ってくるね……！」

　みんなの視線から逃れるようにして教室を出た。

　だけど、

「──わっ!?　ごめんなさい」

　こんなときに限って廊下で人とぶつかるし。

　そんなときに限って。

「あれ。かとーあみちゃんだ」

　相手が、本領墨くんだったりする。

　バクン!　と盛大に鳴り響いた心臓。

「……泣いてる?　どうしたの」

「…………」

　あ、……あ……どうしよう。

　泣き止むために教室を出てきたのに、本人が目の前に現れて、もう……。

　バカみたいに、ぼろぼろと涙が出てきた。

「だいじょーぶ……じゃないね、どう見ても」

「……っっ、ぐす……」

　嬉しいのか切ないのかわかんない。

　涙の止め方もわかんない。

　好きってことしかわかんない……。

「ぶつかったのそんなに痛かった?　ごめん、俺の不注意で……」

「ううん……違う……」

　優しい声は、やっぱりわたしをおかしくさせる。

　頭のブレーキを緩めてくる。

「とりあえず……保健室行こうか?」

「……、ほけんしつは……やだ」

「なんでやだ？」

「先生がいるからいや………」

　吉か凶かなんて、考える力もなくなって、ぐらぐらと理性を揺らしてきて。

「でも……一緒にいて……」

「っ」

　引き寄せられて、ぎゅう……と抱きしめられた。

　ばくんばくん、うるさい心臓。

　返事が来るまで永遠にも感じられた。

　実際に長かったと思う。

　まともに数えて、リアル１分間くらいは、ずっと沈黙だった。

「かとーあみちゃん、それ絶対、言う相手間違えてるよ」

　優しいけど、冷静な声。

「俺はかとーあみちゃんの友達でも恋人でも元彼でもないよ」

「そう、だけど……」

「ん……。わかったら天沢のところに戻りな」

「そうだけど……間違えてないもん……」

「え？」

「言う相手、間違えてないもん……。本領くんにとってはいい迷惑かもしれないけど、わかってるけど、っ、本領くんに、一緒にいてほしかったんだもん……」

　胸板を押し返した。

　もう、今のでわかった。

　完全に脈なし……。

　ぼたぼたこぼれていく涙は、もう制御できなかった。

　面倒くさい女。

　そう切り捨てられて終わりだ。

　情緒不安定なんて、さんざん雪くんに言ってたけど、自分のことだった……みたい。

「かとーあみちゃん、なんでもっと泣いちゃうの」

　うざいって切り離せばいいのに、指先で優しく拭ってくれるから……。

　言わない方が吉だってわかってるのに、勝手にこぼれていく。

「っ、好きな人に、気持ちが届かなかったから……」

「、え？」

「言う相手、間違えてないのに、間違えてるって言われたらから……」

　ああ、終わった。

　なにもかも終わった。

　憎い女にこんなこと言われて、気持ち悪いに決まってる。

　はっと冷静になったところで、一度口から出ていった言葉は戻らない。

「ごめんなさい……」

「あみちゃ──」

　掴んでくる手を振り払った。

　本領くんの表情を見る余裕もなくダッシュする。

　涙のあとが風にあたってひりひり痛くて、もっと涙が出た。

　非常階段に駆け込んでうずくまる。

　ぐす、ぐす……小1時間泣き続けた。

　5限目が始まるチャイムも終わるチャイムもそこで聞いた。

　さすがに泣き疲れて涙も乾いてきた頃。

　ギイ……と誰かが階段の扉を開ける音がして、びくっとする。

　どうしよ、隠れなきゃ……。

　とは思っても、がらんとした階段じゃ隠れる場所なんてあるわけもなく……。

「あれ、先客……。ていうかあんた……」

　入ってきた人物と目が合う。

　知ってる人でびっくりした。

「っあ、えと……先日はどうも」

　上ずった声が出る。

　敷島くんだ。

　Lunaの最高幹部メンバーで、副総長の、お菓子作りがとっても上手な敷島遥人くん……。

「こんなとこにいたのか」

「え」

「本領が捜してたぜ。5限目になってもあんたが教室に戻ってこねーから。なんか知んないけど、俺のせいかもってあいつ焦ってた」

「っご、ごめんなさい……！　本領くんはなんにも悪くなくて、わたしが勝手に感情を押し付けて逃げてきただけで……！」

「いや、オレに言われてもわかんねーから」

　すぱっと言われて、そうだよね……と口をつぐむ。

「『さっき言ったことが本当なら、明日の放課後、Lunaの幹部室においで』だってさ」

「え……」

「本領、今日は家の用事で早退したからオレが代わりに伝えに来た」

「家の用事……。お見合い、とか？」

　雪くんのそばにいすぎて、真っ先に思いついてしまう。

「ちげーよ。兄貴に呼びだされたんだと。あんた一応部外者なんだから、こっそり来いよ。あと、明日の放課後以外に来ても開けてやらねーからな。来るなら明日の放課後しかねーぞ」

　それだけ言って、くるりと背を向ける。

　本領くん、お兄さんいたんだ……。

　ていうかもしかして、敷島くんがここに来たのは偶然じゃなくて、わざわざ伝えるために捜してくれたの……？

「あの、ありがとう……っ」

　去っていく背中にお礼を言う。

　敷島くんはひらりと手を振って応えてくれた。

　あれだけ面倒くさいこと言ったのに、本領くん、まだちゃんと話を聞いてくれようとするんだ……。

　怖いけど、せっかくまた話せる場を作ってくれたんだから、逃げちゃだめだと思う。

　ちゃんと告白したい……。

　振られてもいいから、本領くんにちゃんと気持ちが伝わったらいいな……。

＊　＊　＊

「はあ、告白する？　ばっかじゃねえの……」

　雪くんには事前に報告するべきだと思って、帰る前に引き止めた。

　だけど案の定、この有様……。

「本領に告白なんかしたら、その気持ち、一生いいように利用されて終わりだっつーの」

「し、心配してくれるのはありがたいけど、わたしの気持ちだから勝手にさせてよ……！」

「ああ勝手にしろ。おれは忠告した。泣きを見ても慰めてやんねーよ」

　い、言わない方がよかったかな……。

　それからすぐに、向こう側から「雪ー、今日一緒に帰れるかー？」

　というクラスメイトの声。

「うんっ、帰ろ〜。今行くね〜！」

　にこにこおひさまスマイル。

　２トーンあがった声に、相変わらずだな……と感心する。

「泣かされたらすぐ言えよ」

　背を向けたあと、ぼそりとつぶやかれた低い声に、
なんだかんだ優しいなあと嬉しくなった。

　さて、わたしも帰ろう。

　今日はまりやちゃんは佐々木くんとデートだから、わた
しはひとりで帰るしかない。

　明日告白するんだ……と思うと、どきどき……。

　昇降口を出て、なんとなく落ち着かなくて、いつもはあ
んまり通らない繁華街の方に足を運んだ。

　特になにか買いたいものがあるわけじゃなかったけど、
歩きながら頭の中で色々シミュレーションしたりして気を
まぎらわせた。

　明日、どこから話せばいいんだろう。

　雪くんとは本当の恋人じゃなかったって言っても大丈夫
かな……？

　じゃないと、雪くんからすぐ乗り換えたって思われそう。

　思われてもいいけど、本当に好きだってことがちゃんと
伝わるか不安だし……。

　自分でもいつから好きだったかなんて、明確にはわから
ない。

　でも初めて喋った日から、心臓がおかしかった気がする。

　転んだところを助けてもらったわけだけど、今思えば、
本領くんはバイクに乗ってたのを、わざわざ降りてきてく
れたんだよね……。

　わたしが加藤杏実だって最初からわかってたなら、助け

てくれなかったのかな……。

　ううん、きっと助けてくれた。

　本領くんは人のことよく見てて、優しいもん……。

　いったい誰が、本領墨くんが極悪人だなんて言いだしたんだろう。

　そんなことを考えながら、大通りを少し過ぎて、近道になる細い路地へと曲がったときだった。

　──ガァン！

　となにかが激しくぶつかる音がして、ヒイッと縮こまる。

「ゆ、許してくれ……！」

　なんて恐怖に怯えた声まで聞こえてきて、血の気がさあっと引いていった。

　や、やばい……!?

　なんか治安の悪い路地に来ちゃったかも……！

　引き返した方がいいかな。

　で、でも、あんまりひどい喧嘩なら、ケーサツとか呼んだ方がいいよね……っ。

　スマホを握りしめて、おそるおそる声のする方に近づいていく。

　薄暗くてよく見えないけど……人が、ふたり……。

　輪郭を捉えたと同時、

　──ガァン！

　再び激しい音がした。

　ひとりが、もうひとりを一方的に蹴り飛ばしてるように見える。

「ほら、加減してやってる今のうちに吐いたほうが身のためだよ」

　うめき声をあげる相手と対照的な……静かで冷やかな声に。

　はた、と足を止めた。

「あ、そ……。仲間思いでほんとうにえらいね。じゃあ次、右腕折るけど……いい？」

　ざわっと胸が騒いだ。

　一瞬、聞き間違いかなと思ったけど。

　トーン、口調、テンポ、……どれも、わたしの好きな人と、よく似てる気がして。

「っ、わかった！　教えるっ、教えるから待ってくれ！」

　情けないほどに震えた相手の声から、痛めつけている人の殺気がどれだけすごいか、嫌でも想像できてしまう。

　ゴッ……とすさかず鈍い音がした。

　暗がりに慣れてきた目が、その有様を捉える。

　ごく、と思わず息を飲んだ。

　か、壁に人の頭がめり込んでる……！

　こんなの漫画でしか見たことないよ！

　そして、その頭を押さえつけている人物を見て、今度は息が止まった。

「……ほ、ほんりょー……くん？」

　さっきの声……聞き間違えじゃ、なかった……。

　はっとしたように顔をあげた本領くんと、一直線に視線がぶつかった。

　その瞬間、景色が止まって見えたのは……気のせいなんかじゃない。

　わたしに気を取られて、相手を押さえつける力が緩んでしまったらしい。

　ばっ！　と本領くんの手中から逃れたその人が、慌てたようにこちらへ走ってくる……。

　ひえ……！

　避けるスペースないしぶつかる……。

　目を閉じて、１秒、２秒、３秒。

　なんの衝撃もなく、おそるおそる目を開ければ。

　うつ伏せに倒れた人と。

　その人の上に座りながら、その人の頭をぐりぐりと地面に押し付ける本領くん……。

　目線は、しっかりわたしに向いている。

「あー……えっと……」

　言い訳、考えてるみたい。

　学校で見る本領くんとは違う。

　見られたくなかったって顔をしてるから、わたしが見ちゃいけないものだと思った。

　ここにいても、たぶん本領くんの邪魔にしかならない。

「お、お邪魔しました……」

　ひとまず去るのが吉だと考えて、後ずさる。

　引き止める声が聞こえたような聞こえなかったような。

　それでも今はわたしの出る幕じゃないと思って、家に急ぐ。

びっ……くりしたあ……。

なるほど、本領家の次男って感じだった……。

状況だけ見れば、たしかに怖い景色ではあったけど。

本領くんの殺気立ったあの感じ……気が触れたときの雪くんにそっくりだった。

ひょっとして、なんだかんだ似てるのかもって思う。

なんか意図せずプライベートを覗いちゃったみたいで申し訳ない。

明日、微妙に会うのが気まずいなあと思いながらも、好きな気持ちはぜんぜん変わらなかった。

明日の告白に備えて、もう寝よう……！

と思った、夜の21時30分。

リビングから、電話の音が聞こえてきた。

こんな時間に……？

鳴り止む気配がなくて、近づいてみる。

家の電話が鳴ったのなんていつぶりだろう。

存在すら忘れてたくらい。

わたしに連絡があるときはぜんぶスマホに入るし……。

いったん切れたかと思えば、またすぐにかかってくる。

もしかしたら急用とか……？

不思議に思いながらも、その受話器を取った。

「…………はい、もしもし」

『あら、こんばんは。夜分に失礼いたします。こちら、加藤杏実様方のお電話でお間違いないでしょうか』

丁寧な言葉遣いに、思わず「はい」と返事をしてしまう。

『さっそくで悪いのだけど、私、あなたとじっくりお話したいことがあるの』

「え、わ、わたしと……？　どちら様、でしょうか」

　こんな話し方をする知り合いは、いくら記憶をたどってもいない。

『そうね。天沢雪様の……婚約者になるはずだった者、と言えばわかるかしら』

「っ、え……」

　雪くんの婚約者……になるはずだった者。

　ってことは、破談になったお見合い相手……っ？

『雪様のことがどうしても忘れられず調べていたら、あなたにたどり着いたの。中学の頃から雪様の周りをうろちょろしていたそうね。おかげで雪様もペットのような愛着が湧いてしまわれて、大事な縁談の話まで支障が出ているそうじゃない』

「……はあ」

『思いあがりもほどほどにしなさいね。明日の16時、学校裏の公園で待っているわ』

　え、えええ！

　困る、明日告白するのに……！

「ちょっと待ってください。話はちゃんと聞くので、日にちを延ばしてもらえませんか？」

『あら……あなた自分の立場がわかっていないようね。もし来なかったら、あなたの周りにいる人がすべて不幸になるのよ』

「え、不幸って……」

『いい？　こちらは、とっても力の強い男たちを雇っているの。あなたが来ないのなら、あなたの両親、お友達、みーんなに危害が及ぶことになる』

「……っ」

『もちろん、このことを口外しちゃだめ。ちゃあんとひとりで、いらしてね。それじゃあ』

　ガチャン！　と荒々しく切れてしまった。

　受話器を耳に当てたまま、放心する。

　すう……っと背中が冷えていく。

　告白どころじゃない状況かもしれないと……電話が切れたあとでようやく理解した。

雪と墨

『っ、好きな人に、気持ちが届かなかったから……』

『言う相手、間違えてないのに、間違えてるって言われたらから……』

　昨日の夜。

　脳裏に焼きついた声が何度も何度も響いて、眠れなかった。

　そんなことがありえるわけない。

　気が動転しておかしなことを口走ったのかもしれない。

　仮にあのときは本心だったとしても、一時の気の迷いに決まってる。

　天沢との関係が崩れてしまったから、心の拠り所がなくてただ寂しかっただけ……。

　それでも、もしかしたら……とわずかな期待を抱いてしまう自分がおかしかった。

　結果、本気にせずに正解だった。

　もし本心なら、今日の放課後にLunaの幹部室へ来るように敷島に伝えてもらった……けど。

　たった今、昼休みになった途端、みんなの目を気にしながら俺のところにこっそり駆け寄ってきた、かとーあみちゃん。

　目を泳がせながら、泣きそうなくらい申し訳ない顔をして。

「今日、ね……やっぱりLunaの幹部室には行けない……ごめんなさい」

　ああ、やっぱりね。

　一晩寝たら正気に戻ったんだ。

　昨日、抱きつかれたときに、勢いで抱きしめ返さなくてよかった……。

「やっぱり、雪くんのこと、忘れられなくて……今日もね、雪くんと一緒に帰るの……」

「……そっか。わざわざ言いに来てくれるの、えらいね」

「っ、あともう、本領くんには関わらないようにするね、今までたびたびありがとう……」

　悪気がないのはわかってる。

　今日、来る、来ないの報告だけで十分なのに。

　天沢のことが忘れられないとか。

　一緒に帰るとか。

　俺にもう関わらないとか……。

　そーいうの、思ってても言わなくていいんだって。

　容赦ないなあ、ほんと……。

　それ以上に、やっぱ可愛いな……って思うのは、相当重症なんだと思う。

「うん、わかった。じゃあね」

　きっぱり断ち切るために、さっさと背を向ける。

　考えないようにしたいのに、昨日、巴からの依頼で男を吐かせてるところを見られて。

　あれがだめだったのかな……とか。

もうむだだとわかっていても考えてしまう。

いや、関係ないな。

だってあの子は天沢派の女で、俺は本領の男だから。

ただ、それだけのハナシ。

午後の授業はさぼった。

敷島がケーキを焼くというから、一緒に幹部室に逃げた。

「加藤杏実、いっぱい食うから倍ぐらい焼かないとな」

「いーよ。今日あの子来ないから」

「は？」

「これから先も食べに来てくれることはないよ。残念だけど」

せっかく焼いてくれたケーキは、世界で一番美味しいはずなのに。

今日だけはなんの味もしなかった。

焼かなくていいって自分で言ったくせに、もしかしたら気が変わって、あの子が来るかもしれない……。

そう思って、他の幹部用に分けられたものをひとつ取って、冷蔵庫の隅にこっそり隠した。

16時15分。

放課後になって、いったん荷物を取りに教室に戻ることにした。

あの子も、とっくに天沢と帰ってるだろうし……。

顔を合わせることもないだろうと、今日の扉を開ければ。

──え？

中にいた、天沢雪と視線がぶつかって、固まる。

　なんで……こいつがいるんだ。

　あの子と一緒に帰ったんじゃ……。

　相手も同じような顔をしていた。

　ゆっくり立ち上がって、俺のそばに近づいてくる。

「あれっ本領くん〜。ねえ杏実は？　一緒じゃないの？」

「……え？」

「……え？」

　天沢雪。

　幼い頃から名前を知っている男。

　なのに17年間生きてきて……たった今、初めて喋った。

　かとーあみちゃんが俺と一緒じゃないの……って。

「いや、それこっちのセリフなんだけど。かとーあみちゃん、雪くんと一緒に帰るって言ってたし……」

「はえ？　なに言ってんの……？　杏実は放課後すぐに本領くんのところに行くって走っていったよ〜……？」

　まるで噛み合わない。

　普通の人間なら、お互いの認識の違いとして、そういうこともあるかとスルーするだろう……けど。

　同じような境遇で育ってきた天沢は、俺とほぼ同じタイミングで、はっと顔色を変える。

「かとーあみちゃん、どこに行くって言ってた!?」

「っ、"学校裏の公園で、16時に待ち合わせ"……」

　それからどちらともなく教室を飛び出した。

　階段を駆け下りながら、もしかしたら心当たりのあるかもしれない人物に電話をかける。

　相手は——兄貴の巴は、４コール目で電話に出た。

「おにーちゃん急ぎ！　うちの組織への依頼で、今日の16時に俺の学校裏の公園に車を向かわせたやつがあるどうか、調べて……！」

『面倒くせぇなちょっと待て。えーと？　今日の依頼で16時………』

　キーボードをたたく音がもどかしい。

『あー……その依頼たしかにウチが受けてるな。かなりの太客だぜ？　なんせあの天沢グループとも取引のある会社の令嬢で……』

「っ、そいつだ！　配車の車種と年式、行き先ぜんぶ教えてよ！」

『ええと……シルビア——S15、スペックR、色はホワイト、200×年、行き先は南地区のN第２倉庫……って、お前まさか、依頼めちゃくちゃにする気じゃねーだろうな』

「ん……ごめんね、もう遅いよ。聞いちゃったんだから」

　通話を切ったあと、天沢に向き直る。

「天沢、スピーカーにしてたからお前にも聞こえてたろ」

「ああ……南地区のN第２倉庫だな。りょーかい。今からSolの連中も向かわせる。依頼人の目星はついてる。ふざけやがって……」

「すごい殺気……さっきとは全然違うね。そっちがホンモノ？」

　するとすかさず、見慣れた笑顔が現れた。

「えっ、なんのこと〜？」

「…………」

「なあんてね。本領相手にかわいこぶったところでなんの得にもならないからな。……早く行くぞ。車呼ぶよか、バイクが早いだろ」

　ポケットからキーを取り出す天沢。

　頷いて、あとに続いた。

＊　　＊　　＊

「悪く思うなよ、抵抗すればするほどひどい目に遭うだけだからな」

　ああ……もうほんとに終わった。

　今度こそ間違いなく世界の終末。

　わたしを呼びだした雪くんの元婚約者さん、嘘つきだ。

　じっくりお話をしましょうって言ったのに、自分は公園には現れなくて。

　代わりにちょっと高そうな車が来たかと思ったら、抵抗する間もなく連行された。

　道路走ってるけど、目隠しされて、どこに向かってるのかなんにもわからない……。

　どうなるんだろう。

　このまま海外？

　臓器売買？

　それとも人身売買のキョーバイにかけられたりするのかな。

　海外のマフィアの奴隷とかになっちゃったら、どうしよう………。

　本領くんに告白もできなかった……今生に悔いあり。

　ぽと、と、もう何度目かわからない涙が落っこちたときだった。

「兄貴……なんか後ろから、すごいスピードで２台のバイクが！」

「はあ？」

「この車に幅寄せしようとしてます……くそ、なんだこいつら、バットなんか持ってやがる……」

　前の方から、なにやら騒がしい声が。

　なんか襲われてる……？

　なんだろうと、身を震わせたときだった。

　──ガシャン!!

　車に、すごい振動がきた。

　目隠しをしていても、まっすぐに走ってた車がよろよろと、道路脇に転げていくのがわかる。

　えっ、なに、事故………っ？

　──ガン！　ガァン！

　と、また鋭い衝撃。

　なんか……車、ぼこぼこにされてない……っ!?

　なにが起きてるの、大丈夫なのかな!?

　自分が誘拐されてるのも忘れてびくびく、体を震わせていたら。

「加藤杏実が乗ってのはわかってんだよ！　早く出せ」

　聞き覚えある声の、聞いたこともない怒号……。

「あみちゃん、体大丈夫!?　なにもされてない……!?」

　これまた聞き覚えのある声の、聞いたこともない焦った声……。

　幻聴……？

　困惑した直後、目隠しがするりと解かれて……現れたのは。

　──共にいるはずのないふたり。

　ふたりの目が同時にわたしを捉えて。

　それから、パン、と……無言のハイタッチ。

「雪くん、本領くん……!?」

　やっぱり幻覚かもしれない。

　ここ、学校から離れてるのに。

　ふたりには嘘の予定を伝えてたのに。

　ていうかなにより……。

　このふたりが、一緒にいるわけない、のに……。

　ハイタッチまでしてる、ありえない……。

　車を出れば、運転してた人も、一緒に乗ってた人も力なく横たわっていた。

「なんで、ふたりいるの……？」

　あまりにも信じられなくて、目をぱちぱちさせる。

　ようやく出た声は、自分でも笑っちゃうくらい間抜けだった。

　雪くんはわたしに傷がないことを確かめると、「こいつ

らに依頼したご令嬢に挨拶してくるね〜」とバイクを走らせて行ってしまった。

　ぼこぼこの車。

　へとへとに潰れた車の持ち主たち。

　その隣に、体育座りをするわたしたち……。

「かとーあみちゃんって、ほんとに悪い子だね。俺にも、天沢にも嘘をついて出ていっちゃうなんて」

「ご、ごめんなさい……。助けに来てくれてありがと……」

　どうして場所がわかったのかとか。

　なんで、ふたりが一緒に来てくれたのかとか。

　聞きたいことはいっぱいあるけど、一番は……。

「あのねっ、今日断っちゃったLunaの幹部室に行く話なんだけど……！」

「え？　ああ、大丈夫、もうわかってるよ。かとーあみちゃんの気持ちも聞いたし、今後は俺も関わんないようにするからさ」

「そうじゃなくてね、あれ嘘なの……」

　いよいよ言うんだ……！と思うと、まだ口にも出してない段階から涙がでそうになる。

「嘘……？」

「雪くんのことが忘れられないって言ったの……嘘……。雪くんの元婚約者さんに呼びだされて、Lunaに行けなくなっちゃって、どうしようってなって、怪しまれないようについちゃった嘘……」

　どうしよう。

　文脈もおかしい気がする。

　いっぱい頭の中でシミュレーションしたセリフも、ぜんぶ飛んでいっちゃった。

　伝わる、かな……？

　がんばって一から話した。

　雪くんとは最初から付き合ってなかったこと。

　転んだのを本領くんに助けてもらってから心臓がずっとおかしかったこと。

「それでね、キスされたとき、どきどきして、死んじゃうかと思って……」

　とぎれとぎれに、めいっぱい時間をかけて喋るわたしの話を、嫌な顔せず聞いてくれてた本領くん。

　まだ「好き」って言えてないのに、キスのことを言った瞬間に、立ち上がってしまった。

　え、っ、……。

　途端に、目の前が真っ暗になる。

　やっぱりだめだった……かな。

「ご、ごめんなさい……。気持ち悪かったよね、嫌いな女に、こんなこと言われて……っ」

　ぼと、と落ちる涙に気づいた本領くんが、あわてて頭をポンポンする。

　やっぱり子ども扱い……。

「違う……違うから……。頭が追いつかなくて、おかしくなりそうだっただけ……」

「……え」

　本領くんがわたしの手を取った、そのときだった。

　――ドドドドドド！

　――ヴォン、ヴォォォン！

　地響きのような爆音が聞こえてきてびくぅ！　と肩が飛びあがる。

　なっ、何事!?

　振り向けば、道幅いっぱいに広がるバイクの群れ。

　10人……いや20人以はいる。

　ど派手に旗を掲げている人もいて……。

　その中に『Luna』、『Sol』という文字をたしかに見た。

　まさか、雪くんと本領くんの仲間!?

　隣で本領くんが「あはは」と笑い声をあげた。

「おいテメエらどけ！　俺たちは雪さんの指示で急いでんだよ！」

「ざけんなそっちがどけ！　こっちだって本領さんに応援求められてんだよ！」

　なにやら道路の半分と半分で分かれていがみ合っている様子。

　間もなくわたしたちのそばを通過してしまうんじゃないかというところで、先頭メンバーのひとりが道端のわたしたちに気づいた。

「ちょっ……ええ、本領さん!?」

　他のメンバーたちも一斉に急ブレーキをかける。

　それからあわただしく次々に降りてきたかと思えば。

「本領さん！　なんでSolの女と一緒にいるんですか!?」

「杏実さん！　なんでLunaの総長と一緒にいるんですか!?」

　双方から浴びせられた声はぴったりとそろっていた。

　一時、場が騒然となるものの、本領くんの「ウザ……」というひと睨みでスッと静かになった。

「てかお前たちおっそいんだってー。あみちゃんが無事だったからもういいけどさ」

「す、すみません！　なるべく早く駆けつけようと急いだつもりだったのですが、Solの連中と道中でバッティングしてメンバーの一部がもみ合いになったり……」

「はあ、そんなことだろーと思った」

　ため息をつく本領くんに、Lunaのメンバーたちはペコペコと何回も頭をさげる。

「べつに怒ってないよ。来てくれてありがと」

　一方で、Solのメンバーは心穏やかじゃない様子で。

「あんまふざけたこと言ってんじゃねぇぞ本領。杏実さんが攫(さら)われたのは、元はと言えばお前ん家の裏稼業のせいだろ！」

　そう言いながら、本領くんの胸ぐらを乱暴に掴みあげた。

「っ、やめて！」

　わたしはとっさに立ち上がる。

「なんで庇(かば)うんですか！　杏実さんはこいつのせいでこんな目に遭ったんですよ!?」

「違うよ！　本領くんは雪くんと一緒にわたしを助けてくれたんだよ！」

「雪さんと〝一緒に〟？」

　そんなわけ……と再び場が騒然となる。

「汚ぇ本領の人間と雪さんが……とか、どうかしてる」

　ため息とともに聞こえた声に、わたしの中のなにかが切れた。

「汚いとか、なにそれ。よく知りもしないのに噂を鵜呑みにして好き勝手言うなんて最低！　本領くんは誰よりも優しいよ！　訂正して……っ」

　ぱし、と手を掴まれる。

　本領くんだった。

「いいよあみちゃん、ありがとう。俺の家が汚いことやってるのは本当だから」

「でも！」

　わたしが声をあげた直後、後ろからやってきた白いワゴン車が、わたしたちのそばで停車した。

　窓が黒塗りのソレに、ひやりとしたのはわたしだけじゃないはず。

　怖い大人の人たちが降りてきて注意されるのかと身構えた……けれど、やがて助手席から降りてきたのはよく知った顔だった。

「え、中城さん？」

　Solメンバーのひとりが驚いた声を出す。

　そう、雪くんの側近、能面の中城真尋くんだ。

「加藤様。お怪我はありませんか？」

「あ、うん、おかげさまで」

　ぽかんとしていると、中城くんは今度はSolのメンバーに向き直った。

「Solの皆様へ、雪様より伝言を頼まれております。"今後はLunaと仲良くやるように"と」

　しばらくシン……となったのち、波のようにどよめきが広がった。

「そんなこと雪さんが言うわけない……！」

「それはつまり、俺が嘘をつくような軽薄な人間だと？」

「っっ……」

　それから、再びくるりとわたしたちの方を向く。

「雪様に、おふたりを車で学校まで送り届けるよう言いつかっております。どうぞお乗りくださいませ。本領様のバイクは後ろに積み込みますので」

　雪くん……気遣ってくれたんだ。

「それから本領様。"近々、SolとLunaで合同の集会を行いたい"と雪様が申しておりまして。どうか前向きにご検討いただけますと幸いです」

　深いお辞儀に見送られながら、わたしたちは車に乗り込んだ。

＊　＊　＊

「あみちゃんてさ、ほんと……強いよね昔から」

　頬杖をついて、窓の外を眺めながら、本領くんはぽつりとこぼした。

「つ、強いですか」

「勘違いしてそうだから言うけど、力持ちだね〜とかいう意味じゃないよ？」

「…………」

「周りに振り回されない、自分に正直で、おそれずにきちんと声をあげられるところとか……中学のときから変わってないよね」

「えっ？　中学……？」

「そういうところがずっと好きだったなあ」

「っつ!?」

　え……今なんて。

　今、さらっと言われけど。

　いやていうか、中学の頃……。

　本領くんの存在はもちろん知ってたけど、喋ったこともないはずで……。

「も、もう1回言って……」

「うん？　あみちゃんのこと大好きって言ったの、聞こえなかった？」

「だ……だいすき？」

　聞き返した声は、ばくばくの心音にかき消されそうだった。

「え……え!?　だって本領くん先生が好きだよね……あれ!?」

「せんせー？　なんのこと？」

「ぅ、だって……――んんッ」

　唇が落ちてきて、思考回路は寸断。
「とまどってるのも可愛い」
「〜〜っ」
「あーあ。これ以上喋ってたら抑えきかなくなりそー。学校に戻ったらさ、即、誰もいないところ……Lunaの幹部室、行こ」
　とんでもなく甘い声が耳元で響く。
　わたしより体温の低い本領くんの手は、何度も助けに来てくれたときと同じで、あったかかった。

終章

　——この学校には2大派閥が存在する。

　街を仕切るトップ勢力。

　天沢グループと本領グループ。

　それぞれの派閥はSol、Lunaと呼ばれ、学校の生徒たちは、Sol派、Luna派に分かれていた。

　——それももう、半年以上、前のハナシ。

　現在、この学校には、SolもLunaも存在しない。

　ふたつの組織は半年前、同時に解体された。当時の各トップ、天沢雪と本領墨の手によって。

　そして代わりに、新しいひとつの組織が誕生した。

　名は『AMI-アミ-』

　派閥の壁を壊し、ふたりの総長に愛された、のちに伝説となる女の名前である。

【完】

～番外編～　1　太陽と月に愛された女

　LunaとSolの統合の話を聞いたときはびっくりした。

　びっくりした、なんて言葉じゃ済まされないくらいびっくりして、まず、自分の耳を疑った。

　——わたしが車で誘拐されかけた日から1週間と経たない金曜日の放課後、本領くんに『敷島が新作のケーキ焼いたから、Lunaの幹部室においで』とお誘いを受けて、るんるん気分で向かったところ。

　幹部室には、敷島くんもケーキもおらず。

　それどころか他のメンバーの姿もなく。

　いったい何事かと思わず固唾を呑みながら、まだ立ち入ったことのない最奥の部屋の扉に手をかけて。

　開いた先には、隣り合うふたつの椅子があった。

「……嘘でしょ」

　厳粛な空気の中に、なんとも間抜けに響いたわたしの第一声が、コレ。

　そこに座るふたりから同時に放たれる視線はメデューサのごとくわたしの体をがちがちにしてしまった。

　Lunaのトップに君臨する男。

　そしてその向かいに、Solのトップに君臨する男。

　対立しているはずのふたりが、どうして一緒に……。

　考えてもわけがわからないので、わたしは考えるのをやめた。

　視覚から得られた情報の中で唯一理解できたのは、ふたりがとんでもなく綺麗、ってことだけ。

　いやいや、……絵面、強すぎでしょ。

　神々しいとまで言える。

　透明感がすごくて、もはや透けてる？ってレベルだし、放つオーラは芸能人と比べても劣らないどころか芸能人の方が霞んで見えるんじゃないかってくらい。

　とにかく綺麗なふたりに対して「綺麗だなあ」と当たり前のことをぼーっと考えていたわたしは、

「そこ座って」

　と促されて初めて、ふたつの玉座の手前に、もうひとつ椅子が置かれていることに気づいた、のだった——。

＊　＊　＊

「どう考えても、わたしにこの椅子は似合わないです、椅子がかわいそう……」

　急ぎで作らせたという特注品の椅子はピッカピカ、光沢に包まれていて、お手を触れようものならバチが当たりそうだった。

　それでも権力の具現化みたいな総長様方から「座れ」と言われれば、圧に負けて腰を下ろすしかなく、じゃあ一回だけ、一瞬だけ、と渋々従った結果。

「わ!?　ふかふかだ……」

　ものの３秒後には、お堅い見た目にそぐわない座り心地

のよさに感動していた。

　ふわふわだけど、ふわふわしすぎてない、絶妙な低反発。

「気に入ったか？」

　雪くんに問いかけられて、思わず「うん」と頷いてしまって。

「よかった。あみちゃん専用の椅子だからね、ソレ」

　本領くんに笑いかけられて、「え？」と固まる。

「わたし、せんようとは」

「あみちゃんはもう、俺"たち"の幹部の一員ってこと」

「幹部!?　わたしが？　な……んで？」

「なんでって、んー、SolとLunaが統合することになったから？」

　なんでもないことのように平然と告げられて、ますます話が見えなくなった。

「とうごうっ？　……とうごうって、一緒の組織になるって意味の統合？」

「あはは、あみちゃんのその顔よ。そんなに驚いた？」

　繰り返しになるのは承知で、嘘でしょ？としか言えない。

　でも、現在Lunaの幹部室に、Solの雪くんがいる。

　それが、「嘘じゃない」っていう紛れもない証拠だ。

「じゃあ、Luna派とかSol派とかの派閥はなくなるの？」

　自分でもびっくりするくらい弾んだ声が出た。

「すぐには難しいだろうな。内部の連中もはじめは納得いかないやつが多いだろうし、一般生徒にも派閥っていう概念がすっかり浸透してるし」

　雪くんの言葉に、本領くんが頷く。

「だからまずは、俺と天沢がふたり一緒に、はっきり意志表明する必要がある」

「なるほど。意思表明と言いますと、具体的に、どんな？」

　ふたりをじっと見つめれば、雪くんがゴホンと咳払いをした。

「それは……仲良くするしか、ないだろ」

「みんなの前で、仲の良さを……見せつけるしかないよね」

　結託したわりに、嫌々、渋々といった表情が拭いきれてないふたり。

　だ、大丈夫かな……。

　不安な気持ちが少々。

　でもそれ以上に、わたしにとって大事なふたりが今後仲良くなるかもしれない、学校からわずらわしい派閥の壁がなくなるかもしれないっていう、嬉しさと期待の方が大きかった。

「絶対仲良くなれるよ！　おんなじクラスなんだし！」

　前向きに声をかけてみる。

「頑張るけどさ……。あみちゃんは、どうやったらみんなに手っ取り早く"仲良いな"って思ってもらえると思う？」

「えー、それはもうずっと一緒にいるのが効果的だよ。……あっ、せっかくだし、席を隣同士にしてもらうのはどうかなっ!?」

　名案だ！と思ったのに、ふたりは同時に顔をしかめる。

「っえ……そんなに、やだ？」

　ちょっとしょんぼり。

　うなだれてみる。

「わたしはすごくいいアイディアだと思ったんだけど……うちの学校、授業でペア学習とか多いし……」

「…………」

「…………」

「物理的な距離の近さって大事だと思うんだよね、雪くんと本領くんが隣の席だと、いやでもみんな注目すると思うし、やっぱり仲の良さは体で表現するのが一番いいと思う！」

「…………」

「…………」

　あ。やっぱりだめかもこれ。

　──と、その時点ではまだ、絶望的観測だったのだけど。

*　*　*

「ねえ墨く〜ん。今週の土曜暇？　僕、観たい映画があるんだけど、一緒に行かない〜？」

　──現在。

　休み時間の教室にて。

　この猫撫で声で、本領墨くんに話しかけているのは、まごうことなき天沢雪くんだったりする。

「あー、うん空けとく」

　彼の隣で、本領くんは頬杖をつきながらクールに返事を

している。

　こんな、誰が見ても微笑ましい光景を目にするように
なって、もう2週間が経とうとしていた。

「やばーい、ふたりで映画に行くんだって!!」

「尊すぎる!!」

「並んで喋ってるだけで尊い……!!」

　ふたりがLunaとSolの解体を宣言しただけでも大
ニュースになったのに、さらに次の日から、席を隣同士
にしてほしいと担任の先生に希望を立てて、学校中が驚愕し
た。

　本領くんも言ってたように、組織を解体・統合するのを
受け入れてもらうのは難しい、もっと反感を買ったりする
ものだと思ってたのに。

「ここ最近で、クラスの雰囲気が劇的に変わったよねえ。
みんな明るくなったし。すごいわあ、元Lunaと元Solトッ
プの影響力は」

　わたしの隣でまりやちゃんが感心したようにため息を吐
く。

「いやあ、それにしても絵になりますなあ」

　その隣の隣で、まりやちゃんの彼氏・佐々木くんも、う
んうんと大きく頷いていた。

「てか杏実……ほんとにあのお方と付き合ってるの?」

　声を潜めてそう尋ねられるのも、もう何回目か……。

「う、うん。……たぶん?」

「なんで"たぶん"?」

「最近、雪くんに本領くんを取られてて、全然ふたりになれてなくて、ていうか、最近まともに喋ってすらいなくて……あれ？　みたいな」

　──そう、そうなの！

　ふたりがみんなに仲の良さを見せつけてる間、わたしは完全に放置されてる。

　放置されてるのは、雪くんと本領くんの考えがあって、らしいからしょうがないんだけど……。

「あーそういえば、ひとつの組織として完全に纏まってから、杏実のことを公表するってハナシだったっけ？」

「うん、そう……。公表なんかしなくていいのに。わたしはふたりが本当に仲良くなってくれたら、それだけでいいのに……」

「なに言ってるの。杏実が一番重要人物じゃん。杏実がいなかったら、LunaとSolはずっと対立したままだったんだからね」

「わたしは関係ないよ！　統合のハナシは、わたしの知らないうちに、ふたりの意志で勝手に決まってたんだもん！」

「んも～なんにもわかってないんだからこの子は……」

　まりやちゃんが頭を抱えたときだった。

「加藤様」

「ひ！」

　背後から突然、声。

　相変わらずの気配のなさにびっくりしながら振り向くと、案の定、そこには中城くんがいた。

　次の瞬間、２度目のびっくり。

　中城くんの隣に──元Lunaの幹部、敷島くんも立って
たから。

「よぉ、杏実チャン元気？」

「んな……、どうしちゃったの、ふたりが一緒に来るなん
て……。あ、わたしは元気だよ」

「総長様たちのご命令でねえ、オレたち最近は休み時間を
一緒に過ごしてるんですわ。ねー、中城」

「はい」

　なるほど。

　どうりで最近、休み時間に敷島くんの姿が見えないと
思ってたら、中城くんに会いに行ってたんだ。

　ていうかすごい。

　中城くんが雪くん以外の人と喋ってるの初めて見た！

「それで、わたしになんか用がある、の？」

「あーそうそう。今日ね、元Lunaと元Solの幹部メンバー
で2回目の会合があんだけど、杏実チャン参加ね」

「え、わたし！」

「放課後、旧Lunaの幹部室に来いよ。じゃあな」

　ひらりと手を振る敷島くん。

　隣で深くお辞儀をして去っていく中城くん。

　ゆるっとした人と、かちっとした人。

　まるで正反対のふたりが並んで歩く姿を見ていると、無
意識のうちに口元が緩んでいた。

＊　＊　＊

「ちょっと休憩ー。また10分後に話し合い開始しまーす」

　時計は19時30を回っていた。

　16時30分から旧Lunaの幹部室で始まった会合。

　３時間経った今も決まらず、話し合いを長引かせている議題は、ずばり。

『新組織の名称』。

　──旧Lunaと旧Solが統合してできた、新しい組織。

　今はまだ試運転の状態だけど、いずれは新組織として正式に稼働する。

　名前はなによりも大事、だということで、幹部の皆さま方はありとあらゆるアイディアをひねり出しているんだけど、なかなか「コレだ！」というものが出てこないらしい。

　わたしはもちろん案を出せる立場にあるわけもなく、なにをさせられているかと言えば、記録係。

　ホワイトボードの前に立って、みんなの口から出てくる新名称の案を必死になりながら書き留めているのだ！

　一応椅子は用意されてるけど、案が次から次へと湧き出てくるものだから、休む暇もあったもんじゃない。

　内心早く終われ〜と思ってる。

　そろそろ右腕が吊っちゃうよ……。

　話し合いが再開して、およそ30分後。

　痺れをきらした雪くんと本領くんから、今出てる案の中から３つに絞るように命が下された。

　わたしがひとつずつ多数決をとって、見事、最終候補に残ったのは。

『BLACK SNOW』

　──ブラック・スノウ。

　双方の総長の名前のイメージを合体させた、シンプルながらも存在感のある名前。

『Stella』

　──ステラ。

　LunaとSolがラテン語で月と太陽を表す単語だったから、同じくラテン語の、星を表す単語らしい。

『Caelum』

　──カエルム。

　これもまたラテン語。「天空」という意味らしい。第二候補と同じく、月と太陽から連想した単語。

　どれも素敵。

　どれに決まって文句なし。

　だから早く終わろうよ、お腹すいたよ〜。

　そんな思いで最終多数決を取った。

「えっと、最終票、最多、BLACK SNOW、です!!」

　……のに。

「「却下」」

　えっ、えええぇ!

　あろうことか、まさかの否決。

　しかも、声を揃えたのは、雪くんと本領くんだった。

「なんで!　かっこいいじゃん!!」

　わたしの言葉に、メンバーの皆さんもうんうんと大きく
うなずいているのに、ふたりときたら首を横に振るばかり。

　これじゃあただの駄々っ子だよ……！

「どこがだめなのっ？」

「俺たちの名前を並べればいいってもんじゃなくない？」

「僕もい〜や〜。なんかしっくりこないし、そもそも僕た
ちが統合を決めた理由は……」

　ふたりの視線が同時にこちらへ流れて。

　見つめられて、1秒、2秒、3秒。

　な、なに？

　ぱちくり瞬きをする。

　しばらくして、ふたりはまだ同時に、お互いに顔を見合
わせた。

「「……"杏実"」」

　……え？

　名前を呼ばれた、はずなんだけど。

　雪くんと本領くんは、あくまでお互いを見ている。

　そして確かめ合うように、小さく「うん」と同時に頷い
たかと思えば。

「名前決まった」

「へ」

「"アミ"」

「へ!?!?」

　場の空気がざわっと動いた。

　んな……アミ？

　さすがに冗談だよね!?
　唖然としているうちに、総長様ふたりは席を立って、疲れた〜というように伸びをする。
「あーっ決まってよかったあ。みんな〜今日はありがとう！」
「お疲れー」
　そそくさと退散していくふたりに、わたし含め、メンバーの皆さん方は置いてけぼりをくらったまま。
　でも、王様を目の前にして「冗談ですよね？」なんて誰も言えるわけがなく、場はお開きに。
「杏実ちゃん、さっさと帰るよー」
　本領くんに声をかけられて、ようやく足が動いた。
　すると何事か。
　メンバーの皆さんが一斉に席を立って、わたしを見て。
「「「お疲れ様でした、杏実サン!!!」」」
　ひ!?!?
　深々と頭を下げられ、びくうっと体が跳ねる。
　え……、な……なにこれなにこれ。
　緊張で喉ががちがちに固まる。
　全員にお見送りされながら「ど、どうも……」なんて、気の利かない挨拶をなんとかしぼりだした。
　そして逃げるように雪くんと本領くんのあとを追いかけた。
「や、やばいよ、今のアレなにっ？　みなさんどうしちゃったの、怖いんだけど……!!」

「は？　フツーだろ」

　通常モードにもどった雪くんが面倒くさそうに返事をする。

「今後はあんな感じだから、慣れようね杏実ちゃん」

「いや……困るんだけど」

　本気で困ってるのに、ふたりはご機嫌な様子。

　ていうか、新組織の名前「アミ」って正気？

　今までの長い話し合いはなんだったの……。

　まあ。明日になればふたりとも頭が冷えて、別の名前に決まるよね、きっと……。

　なんて能天気に考えながら、その日は帰路についたのだった。

太陽と月に愛された女【完】

〜番外編〜　2　甘い夜に名前を呼んで

　LunaとSolの統合。

　決議したとはいえ、長年対立してた組織がひとつにまとまるなんて、きっと相当な時間を要するはず。

　なあんて思ってたのに、ものの1か月で完全に統合してしまった。

　メンバーを1週間ごとに半分ずつ入れ替えるなどの試行錯誤がなされて、懸念されてた抗争は一度も起こることもなく。

　とてもスムーズに、平和に事が進んだ。

　もともと雪くんと本領くんを敬愛してやまないメンバーたちゆえ、ふたりの決めたことなら喜んで受け入れるし、なにがあってもついていくんだって、敷島くんが言ってた。

　それにしてもすごい。

　なにがすごいかって、総長ふたりの仲良しの徹底ぶり。

　ここ1か月、ずーっと一緒に行動してた。

　体育のウォーミングアップのペア。

　化学の実験のペア。

　休み時間だってずっと。

　皆の目がある間は常にべったり。

　ここまできたら、もう本当の仲良しになったんじゃないかって何度も期待したんだけど、生徒が完全に帰宅したのを確認した瞬間、「お疲れー」と、ふたり別々の方向へそ

そくさと去って行ってしまう。

　放課後はフリーになるかと思いきや、組織を統合するにあたって膨大な雑務に追われているらしく、わたしはまりやちゃんと佐々木くんにお邪魔して一緒に帰らせてもらったり、敷島くんのお菓子の試作品を食べさせてもらったり、中城くんと優雅なお茶会を楽しんだり。

　そこそこ有意義な時間を過ごしてるんだけど……。

＊　＊　＊

「そろそろつらい……。まりやちゃんたちが羨ましすぎるよ……」

　──とある日の放課後。

　AMIの幹部室にて、紅茶の香りに包まれながら、わたしは敷島くんと中城くんに弱音を吐いていた。

「はっは、まさかここまで放置されるなんてな」

　楽しげに笑われてムッとする。

「笑いごとじゃないんだけど！」

「加藤様はよく我慢されていると思います。えらいですよ」

「うっ、中城くん優しい……」

　優しさに縋りついちゃいそう。

「本人に言えばいいだろ、さみしいよーって」

「言えないよぉ、だってすごい忙しそうなんだよ？　仕事よりわたしを優先してって、敷島くんは彼女に言える？」

「さあ。オレ彼女いねーからわかんねぇな」

「そうなんだ……。……え!?　いない、の」

　嘘だ。

「こんなにかっこいいのに？」

「ばっ……」

　敷島くんがティーカップから慌てたように口を離した。

「え、なに、大丈夫……？」

「加藤様。男に軽々しくかっこいいなどと言わない方がよしいかと」

「え、あ……そういうことか、客観的な意見を述べただけなんだけど……申し訳ないです」

「とはいえ俺も意外でした。恋人、いらっしゃらないのですね」

　ふたりでまじまじと敷島くんを見る。

「ちゃらそうだけど、かっこいいのに……」

「ちゃらそうだから、ですかね。しかし相当おモテになられるはずなので、"特定の" 恋人はいない、といったところでしょうか」

「うぜーな勝手に考察すんのやめてくれ。"特定じゃない" 女もいねーよ。今は」

「今は！ってことは前は遊んでたんだ！」

「ほんのちょっとだよ、ほーんのちょっと！　寄ってくる女を暇なときテキトーに相手してただけだっての」

「ふふ、むきになってる」

　敷島くん、いつも飄々（ひょうひょう）としてるから、感情むき出しになってるのちょっとだけおもしろい。

「現在もたくさんの方に言い寄られているのでしょう？
なぜ遊ぶのをおやめになったんです？」

「普通に飽きたのー。お菓子作ってる方が楽しーし」

「そうですか」

「それに、毎回毎回飽きもせず"おいしー"って言いなが
ら食ってくれるやつが、今は目の前にいるしなぁ」

　敷島くんの視線をたどった先にはわたしがいた。

「敷島くんのお菓子を食べるひとときが日々の幸せです」

「はは、それはなによりデスネー」

「今日のパイも絶品だよ！　さくさく生地にあまーいク
リームがとろけて最高！」

「ん……。杏実チャンのためなら毎日だって作ってやるよ」

　さりげなくわたしの手をとって、唇を落とす仕草をする。

　寸止めで、触れることはなかったけど……。

　び、びっくりした！

「やっぱりちゃらいよぉ……」

「こんくらいで赤くなっちゃってウブでちゅね～。こんな
んで本領の彼女が務まるのか、オレたち心配だにゃー」

　おどけた口調で煽られて、余計に顔が熱くなった。

「そ、れはそうと！　中城くんは恋人、いるんですか」

　無理やり話を逸らす。

「俺ですか？　いませんよ」

　あっさり即答。

「今後もつくる必要はないと思っております。この身は一
生雪様に捧げると決めているので」

「さらっとめっちゃ重いこと言ったなお前」

「必要がないと思ってるだけで、色恋に興味がないわけで
はありませんよ」

　そう言ってふっと微笑んで見せる。

　最近……そういえば中城くんのことを「能面」だって思
うことがなくなった。

　相変わらず口数は少ないし表情も薄いけど、以前より間
違いなく明るくなってる。

　うれしいなあ……。

　と、感慨深くなっていたところで。

「真尋もえろいこととか考えたりすんの？」

　今度はわたしがお茶を吹きそうになる番だった。

　敷島くん……優雅なティータイムになんてことを……。

「ん、全然普通に考えるけど」

「え」

「……あ」

「それ、素？」

　肯定でも否定でもなく、にこっと笑ってみせる中城くん。

「ナチュラルに"真尋"呼びされると困ります、敷島様」

「なるほど、下の名前で呼ばれると無意識に"男子高校生"
が出ちゃうってことか」

「少々気が緩んでおりました。忘れてくださいませ」

　にこにこ、笑顔で圧をかけてくる。

　ある意味怖い。

　さすが雪くんの側近なだけある。

「真尋、オレの下の名前知ってる？」

「ええ、存じておりますよ。"遥人"様」

「様いらないから、遥人って呼んでくんない？」

「お断りいたします」

「なんでだよ、こーんなに仲良しなのに」

「だいたい、本領様ですらあなたのことを苗字で呼ばれているじゃありませんか。知り合って間もない俺が下の名前で呼ぶのはおかしいです」

「あれはなあ、本領が下の名前で呼ばれるのを嫌がるから、こっちが合わせてやってんのー」

　　……えっ。

「そうなの？」

　思わず会話に割って入ってしまった。

「そーだよ」

「なんで？」

「ん……そういやなんでだったかな。前に、理由聞いたような聞いてないような」

「とにかく、嫌って言ってたのは本当なんだね？」

「ああ」

　そんな……。

　いつかは、わたしも"墨くん"って呼んでみたいと思ってたのにな……。

　紅茶の最後の一口をすすって、うなだれる。

　中学のとき、本領くんの下の名前を知ってからずっと素敵な名前だなって思ってた。

　習ってた書道の先生に"墨"について教えてもらってから、宝石みたいで綺麗だと思ってて……。

　呼んでみたかったけど、本領くんが嫌なら、やめた方がいいよね……。

「？　どうした杏実チャン」

「なんかものすごく落ち込んでいらっしゃいますね」

　ふたりにのぞき込まれて、なんでもないと首を振ったときだった。

　──コンコンコン。

　幹部室にノック音が響いて。

　誰だろう……と振り向けば。

「杏実ちゃんいる？」

「っっ！」

　心臓が止まりそうになる。

　だって、立ってたのは本領くん。

「お、お疲れ様……！　どうしたの、お仕事あったんじゃないの？」

「早く終わったから、ちょっとでも杏実ちゃんに会えないかなーっと思って」

「っ、会えます、すごいいっぱいでも会えます」

「はは、すごいいっぱい会ってくれるんだ？」

「う、うん。わたしこれから夜まで時間ある、金曜日だから」

「ほんと？　じゃあ俺の家に持って帰ろーかな」

「う、え、家？」

「あーでも杏実ちゃん、門限とかあるか」

「ないよ、門限ない、お父さんとお母さん、ずっと外国に
いて」

「……まじか」

「本領くんがお疲れでないなら、一緒にいたい、です」

「ん。ほんりょーくんちょう元気だから、朝まで一緒にい
よっか」

　そう言った唇が不意に落ちてくる。

　ほんの一瞬、やわく噛んで離れていった。

　今、キス……。

　1か月以上ぶり、だ。

　離れていったあとで、ワンテンポ遅れて頭がぽわんとな
る。

「よそでやれ、よそで」

　敷島くんにしっしと追い払われて、そういえばふたりに
見られていたことを思い出す。

　ひえ……。

　恥ずかしさのあまり、本領くんの背中に隠れながら、
AMIの幹部室を後にした。

* * *

「俺の部屋、誰も近づけないでね」

　本領くんがメイドさんにそう言って、扉が静かに閉まる。

　いよいよ、本当にふたりきりになってしまった。

　あんなに会いたくて会いたくてたまらなかったのに、い

ざふたりになったら緊張で体はがちがち。

　なに喋ればいいかわかんないし、ヘンな汗まで出てくる始末。

「俺ちょっと風呂入ってくるね。杏実ちゃんテキトウにくつろいでていーよ」

「は、はい、お邪魔しますっ」

　手と足が一緒にでないよう気を付けながら、ソファーがある位置まで歩いていく。

　ていうか、広い……。

　扉から入って、ソファにたどり着くまで、すでに20歩くらいかかってる。

　本領くんの部屋だけで、我が家一軒分くらいの広さがありそう。

　しかも、"風呂入ってくる"って言った本領くん。

　部屋を出ていくのかと思えば、その場で制服の上着を脱いで、中のベストやタートルネックも脱いで。

　スタスタスタ……と、部屋のさらに奥へ歩いていく。

「えっ、本領くんお風呂に行くんじゃないの？」

「？　うん、風呂に行くよ」

　そう返事をしながらある扉に手をかける。

「え、まさかそこがお風呂？」

「そうだね」

「自分の部屋の中にお風呂があるの……っ？」

　ホテルじゃん……。

　お金持ってすごい……。

「そんなに驚くこと？」

「そりゃあもう」

「覗いてみる？」

「いいの？」

　興味の赴くままついていけば、本当にお風呂があった。

　ただのお風呂と呼ぶにはおこがましいほどの、豪華な空間だった。

　ていうか、わたしが知ってる浴室とは別物。

　驚くべきはまず壁。

　ガラス張りで、透明。

　床は大理石で埋め尽くされている。

　白で統一された室内を、紫のぼんやりとた光が照らしていて……。

「すごーい！　おしゃれ！　毎日高級ホテルの気分だね！」

「杏実ちゃんも入っていいよ」

「えっ、ほんと!?」

「ん……。一緒入ろーか」

「へ……」

　伸びてきた指先が、わたしのリボンに触れて。

　しゅるり……。

　解いてしまった。

　ぼっ！　と顔が熱くなる。

「はぅ、い、いっしょには、」

「一緒には？」

「ま……だ、」

「ごめんごめん、まだ早かったか」

　ぽんぽん、頭を撫でながらリボンを返してくれる。

　からかわれただけか……。

　本気にした自分が恥ずかしい。

「じゃ、じゃあわたしはソファで待ってるね！」

　勢いよく背中を向けて浴室を出た。

　ソファにダイブして、ぎゅうと体を丸める。

　──ばくばく、ばくばく。

　久しぶりの本領くんは、近くにいるだけで心臓に悪い。

　気持ちを落ち着かせるために、スマホでまりやちゃんとのトーク画面を開く。

【まりやちゃーーん　どうしよう】

【今、本領くん家にいる!!!】

　トン、と送信して、3秒も立たないうちに既読がついた。

【え、やば!!!】

【もしかして本領くん家に泊まるの!?】

　泊まる……。

【わかんないけど、朝まで一緒にいようって言われた】

【それは泊まる以外ないじゃん!?】

　や、やっぱりそうなのかな！

【本領くんと今なにしてるの？】

【本領くん、今お風呂入ってるよ】

【お風呂!?!?】

　本領くんがあがるのをまってるとこ……、と打って送信しようとした矢先。

　——テテテテテン、テテテテテン、と通話がかかってき
てびっくり。
「も、もしもし」
『ちょっと杏実サン！　いつの間にそんな展開になってる
の！』
「わ、わかんない。最近ぜんぜん会えなかったのに、今日
いきなりお家に呼ばれてしまって」
『はあああ、ついに杏実も大人の階段上っちゃうか』
「っえ、まだそれはないと思う……」
『だって本領くん今、お風呂に入ってるんでしょ？』
「入ってるけど、お風呂に入るっていうのは人間の日常的
な行為だし……」
『そう思ってたら、いつの間にか食べられちゃってるんだっ
て！　私がそうだったもん！』
「え、えええ……！」
　　そっか。まりやちゃんは経験済みだった！
「ど、どうしよう、わたしはどうすれば……」
　今さらわたわたしたところでどうにもならないのは承知
なんだけど……。
『私が教えられることならなんでも教えてあげちゃうけど
ね〜？』
「え、えっとじゃあ、心得とか気をつけることとか……」
　——こうして、まりやちゃんのレッスンを受けることに
なったわたし。
　まりやちゃんの体験談は想像よりもはるかにスゴくて、

本領くんがお風呂からあがってくる頃には、わたしの方が
のぼせてるんじゃないかってくらい体が火照っていた。

「杏実ちゃんもしかして具合悪い？」

「そんなことないよっ？」

「でも顔赤いし……熱あるんじゃ」

　手のひらが額に伸びてきて、思わずびくっと退いてしま
う。

「っ、大丈夫……」

　いけない、今のはちょっと感じ悪かったかも。

　まりやちゃんの話を聞いたあとだから、仕草にいちいち
過剰に意識しちゃう……！

　お風呂あがりの本領くん、いつも以上に色っぽいし目の
やり場にも困る！

「わ、わたしもお風呂借りていい……？」

　ふたりきり、が耐えられなくなってソファを立った。

　のに。

「あ、じゃあシャワーの使い方とか、バスタオル収納して
ある場所とかざっと教えるね」

　結局、本領くんと浴室まで一緒に行くことになってし
まった。

　温度調節はこのボタンとか、シャンプーとかボディソー
プはここから出てくるとか（ボトルが置いてあるんじゃな
くて、まさかの壁に備え付けられてるパターンだった）、
タオルは何番目の棚とか。

　隣で丁寧に説明してくれてるのにもかかわらず、わたし

ときたらうわの空。

　お風呂からあがったあとの展開を考えると、動悸がして、頭はぐるぐるして……。

「杏実ちゃん、ほんとにへーき？　具合悪いなら風呂入んない方がいいよ。もう寝よっか？」

　そうやって心配してくれる本領くんは、やっぱり大悪党の「だ」の字もないくらい優しい。

　この人にならどんなことされても怖くない。

　むしろ、もっといっぱい触れられたい、体温を感じたい、好きって気持ちを伝えたい……。

　そんな思いがふいにこみあげてきて。

「ありがとう、ほんとに大丈夫」

「そう？　ならいいけど……」

「あの……わたしがお風呂あがったらね」

「うん」

「ちゃんと……朝まで一緒にいてくれる……？」

＊　＊　＊

「俺が風呂に入ってる間、杏実ちゃん、誰かと通話してるなあって気にかかってた。すごいはしゃいでる感じだったから、相手は天沢なのかも……とか」

「だ、だから、雪くんじゃないって……」

「うん。友達の神原さんでしょ。俺に嘘つけなくて、"初めての心得を教わってた"なんて正直に言っちゃうのほんと

にかわいーね」

「や……うぅ」

　只今、お風呂あがり。

　大きなベッドの上、本領くんの腕の中で、拷問のような取り調べを受けていた。

　どうしてこんな流れになってしまったかというと、わたしがお風呂からあがったあと、本領くんから突然、「そういえばさっき、誰と通話してたの？」と、不安げに尋ねられて。

　すぐに"まりやちゃん"と答えればよかったんだけど、会話してた内容が内容だったせいで、答えを濁してしまったことが原因。

『俺に言えないような相手？』

　普段の本領くんからは想像もできないくらい憂いを帯びた表情に、胸がつきん、と痛んで、「実は……」とありのまま、包み隠さず話してしまった……のである！

　今思えば、不安げな言動は最初から演技だったんだ。

　だってわたしが白状したとたん、ころっと態度が変わって、表情が変わって。

「俺が風呂あがったあとに顔が真っ赤だったのは、"そーいうことを想像してた"から？」

　この、とっても楽しげで意地悪な顔！

　嵌められた……っ。

　やあああっ恥ずかしすぎる！

　穴があったら入りたい！　という思いで被ったお布団

は、ものの0.5秒で引きはがされた。

　鬼……！

「もうやだっ、落ち込んでるフリなんかして、本領くんきらい！」

「……"フリ"？」

「まんまと本当のこと話しちゃったけど、よく考えたら本領くんがそんなちっちゃいこと気にするわけないし」

「そんな風に見える……？　俺、杏実ちゃんが天沢と楽しく話してるのかなーって想像して、心臓痛くてしにそうだったんだけどな、」

　心臓痛いなんて、そんな、調子いいこと……。

　だけど、また、ちょっと傷ついた顔を見せられて、喉の奥がうっ、となった。

「う、そだ……。だって本領くんいつも余裕たっぷりだしわたしのことすぐからかって……反応見て楽しんでるだけでしょ」

「へえ、信じてくれないなら、ひどいことするけど、いーの？」

「っ！」

　妖しく笑う瞳にすうっと吸い込まれた。

　ああ、すごく悪いカオだ。

　悪いカオなのにどうしようもなく惹かれちゃう。

　心も体もまるごと本領くんのものにされたくなっちゃう。

「本領くんになら……ひどいことでもなんでも、されてい

いもん」

「杏実ちゃん、そーいうこと軽々しく言わない方がいいよ」

「…………」

「例えば、嫉妬に狂って、杏実ちゃん縛りつけて、泣いちゃうまでぐずぐずに甘やかして、それでもやめてあげないかもしんないよ」

「………うん、いー、よ」

「——はは、とんだどエムちゃんだ」

　だって……。

　——ほら、やっぱりね。

　ひどいことするって言ったくせに、落ちてきた唇はびっくりするくらい優しいんだ。

　本領くんはそういう人だもん。

　だから、好きになったんだよ。

＊　＊　＊

「……っぅ、本領くん……っ」

　熱がこもって、頭がぼんやりとする。

　これが何回目のキスか……なんて、もう数えることはとっくにできなかった。

　まりやちゃんから聞いた心得をじっくりと思い出す余裕もなかった。

　ていうか、聞いた体験談と色々違う……気がする。

　まりやちゃんたちはとにかくドタバタ、いっぱいいっぱ

いな感じで、気づいたら終わってた、みたいなこと言って
た。

　もちろん佐々木くんが雑だったとか、そういうことじゃ
なくて、すごく大事にしてくれるからこそ普段どおりに振
舞えなくて、体は緊張で逃げ腰になっちゃったり。

　だけど気は急いて、とりあえず先に先にと事を進め
ちゃったからって……。

　──現状、わたしだっていっぱいいっぱい。

　好きな人の体温がすぐそばにあって冷静を保てるわけが
ない。

　でも、たしかに緊張してるはずの体も、本領くんの手で
何度でも甘やかされれば、力が抜けてぐたっとなる。

　熱に侵された頭は雑念が入り込むキャパを失って、今考
えられるのは、本領くんのことだけ。

　それだけ、じっくりじっくり時間をかけて、丁寧にほど
いていってくれるから。

「……んっ、ぁ」

　唇の隙間から熱が入り込んできて、濡れた感触が伝わっ
た。

　決してこじ開けられたわけじゃない。

　優しすぎるくらい優しく愛を注いでくれて、それが溢れ
て、もう、受け止めるだけじゃ足りなくなった。

　わたしが大事に抱きしめている気持ちもぜんぶ知ってほ
しいって思った瞬間、自然と……。

「（杏実ちゃん、キス応えてくれた……嬉しすぎて心臓痛

い、)」

「っ……んぅ」

　だんだん深くなる。

　だんだん甘くなる。

　キスしてる間、なだめるようにわたしの背中を撫でていた手のひらが、締めつけていたものを、ぱち、と外した。

「や……っ」

　空気に触れて、そこに熱いのがいっきに集中する。

　唇を優しく押し当てられて、びくっと肌が揺れた。

「ひ、うぅ……」

「ん、逃げないで」

「やぁ、……あぁ、っ」

「かわいーね、杏実ちゃん」

　じわりと甘い感覚が広がった。

　だんだん息が乱れて、だんだん声が抑えられなくなる。

　恥ずかしくて手で押さえようとしたら、目敏く阻止されて。

「だーめ」

「！」

「片方は、俺と繋いどこっか」

「う……？　え、」

「声聞かれたくないならちゃんと我慢して？」

　そんな意地悪なセリフと同時に、本領くんの指先がある部分にたどりついた。

　突然の大きな刺激に一瞬、くら……っと、なる。

「～っ、ぁ！」

「ごめんごめん、びっくりしたね」

「ほんりょー、く、それ、やだぁっ……」

　甘いのに、切ない、ような……。

　体の奥がぎゅうっとなる。

　経験したことない感覚が怖いのに、いざ手を止められると寂しくなって、もっと欲しくなって……。

「杏実ちゃん、やだって言ってるのに抱きついてくるのなんで？」

「～～っ、ちがう、もん」

「はは、回答になってないし」

　絶対わかってて聞いてる、意地悪な本領くん。

　でもわたしは……本領くんになら、意地悪を言われるのも好きみたい。

「杏実ちゃんは熱で覚えてないって言ってたけど、俺は杏実ちゃんの弱いところぜんぶ、覚えてるよ」

「や、」

「ここととか……」

「んんっ」

「……ここも、だよね」

「つぁ、……う～～っ」

　抗えない。

　触れられるところがじわって甘くなって、どんどん、どんどん溺れていっちゃう。

「あーあ。気持ちよくて甘い声止まんないね」

　生理的な涙がぽろっとこぼれた。

「本領くん、どんどん意地悪になってる……っ。最初は、あんな優しかったのに……！」

「恥ずかしがってる杏実ちゃん可愛すぎて、ちょっとばかりいじめてみたくなっちゃうんだよね」

「ちょっとばかりって、全然ちょっとじゃないぃ……」

「はは、ごめんって」

「やだ！」

「やだなの？　じゃあ……お詫びに杏実ちゃんの望み、なんでも聞いてあげる」

　そう言って、頭をナデナデ。

　やっぱり子ども扱い……！

　怒りたくもなったけど、"望み"と聞いて、ふと、あることが頭に浮かんだ。

　だけど。

　──『本領が下の名前で呼ばれるのを嫌がるから、こっちが合わせてやってんの』

　敷島くんの言葉を思い出すと、口にしていいかわからなくなって……。

「どーした、いきなり暗い顔」

「……、もし、嫌だったら、ぜんぜん断ってほしいんだけどね」

「うん、なに？」

「1回でもいいからね……下の名前で呼んでみたい……」

「……え？」

　ちょっと上ずった声だった。

　とまどってる……？

「本領くんの下の名前、呼んでみたくて……。よ、呼んでみたかったけど、やっぱりいい、です。ごめん嫌だよねっ」

　せっかくふたりだけの甘い世界だったのに、わたしの軽卒な提案で嫌な気持ちにさせちゃったかも……。

　ずうん、と気が重くなった。

　矢先。

「俺の名前……呼んでくれるの？」

　響いた声は、少し掠れていて、震えていて。

　泣いてるみたいに聞こえて、どき、とした。

　わたしを見つめる瞳が不安定に揺れる。

　呼んでいいの？　なんて。

　言葉で確かめる必要はもうなかった。

「墨くん」

　わたしを掴む手に、ぎゅ、と力がこもる。

「本領、墨くん」

「……うん」

「わたしの好きな人の名前、だよ」

　さんざん甘やかされたあとでうまく力が入らないながらも、精一杯伝わるように抱きしめた。

「（ほんと……心臓痛い、）」

　横に流れた髪を、そっと掬って耳にかけて。

「加藤杏実ちゃん」

　わたしの気持ちに応えるように、丁寧なキスが落ちてく

る。

　朝までたくさんたくさん愛してくれた。
　何度も名前を呼んで、名前を呼ばれて。
　世界で一番しあわせな瞬間を抱きながら、
　——夜明けに、ふたりでいっしょに眠りに落ちた。

　　　　　　　　　　甘い夜に名前を呼んで【完】

～番外編～　3　天沢家・長男の独白

「"ごめんね。家庭の事情とかもあって、今後誰かと付き合うってことは、僕はもう考えてないんだ〜"」

　——放課後、他クラスの女から『ちょっと話したいことがあるんだけど』と声をかけられ、『え〜なんだろ〜』とそわそわする素振りを一応見せてやりながらついていった。

　どうせ話を聞く前から答えは決まってる。

　いつもと一言一句違わない断り文句を告げれば、相手は悲しげにまぶたを伏せた。

「"勇気を出して伝えてくれて嬉しかった。ありがとう、——ちゃん"」

　泣かれる前に笑顔でお礼を残してその場を立ち去る。

　これで"雪くんに泣かされた"なんて言われることはない。

　告白を断るときでさえ感じのいい男。

　同義——偽りと計算でテキトウに物事を受け流しているだけの薄っぺらい人間。

* * *

「雪くん、雪くん！」

　裏庭の角を曲がったところで、聞き覚えのありすぎる声

に名前を呼ばれた。

　顔をあげても誰もいない。

　目を凝らせば、木の陰から、その子はぬっと姿を現した。

「は？　なんでそんなとこいんの」

「用があって雪くん追いかけてたら、告白され始めたから急いで隠れた！」

「隠れる場所おかしーし。不審者かよ。普通に教室で待ってればいいだろ」

「だ、だってぇ、教室じゃ話せないようなことだったから」

　急に顔を赤くしてもじもじされると、こっちは少なからずどきっとしたり、動揺したりするわけで。

　だけど当たり前に、相手はそんなことつゆ知らず。

「雪くん、もうすぐ夏休みです」

「うん。で？」

「夏休みと言えば？」

「しらねーよ」

「プール！」

「プール？」

「しかも、ナイトプール！」

「…………」

「なんと、敷島くんのおうちが経営する新しいリゾートにAMIのみんな招待してくれることになった！」

「あー、そう」

　興味ない。

　リゾートとかプールとか遊園地とか親の会社絡みで腐る

ほど行かされてむしろ嫌いでさえある。

　けど、杏実が嬉しそうだからいいか……。

「ていうかソレのどこが教室じゃ話せない内容なわけ」

「っ、それが、本題はここからなの……」

「本題？」

「雪くんの好きな水着を……聞きたくて」

「……は？」

　なに、今なんて言った？

　おれの好きな、水着……？

　聞き間違いか？

「この中で、男の子が一番可愛いなって思うものどれ？」

　見せられたスマホの画面には、色とりどりのソレ。

　やっぱり聞き間違いじゃなかった。

「こんな下着みたいなの着るのお前」

「っだ、って。う……スクール水着しか持ってないんだもん……」

　一応きちんと目を通してみる。

　杏実に似合いそうなのは……このベビーピンクの、ふわってしたやつだと思うけど……。

　ぼや……とその姿が頭に浮かんで、不覚にも顔が熱をもつ。

　いや、最悪。

　どうせ本領のために着るのを選んでるのに。

　この子は本人に直接聞く勇気がなくて、同じ男であるおれに意見を求めただけにすぎないのに。

　……ちょっと、期待するとか。
「ぜんぶナシ。お前にはまだ早いよ。色気もなーんもないし」
　真に受けて、杏実はしっかり落ち込んだ顔する。
　少し胸が痛みながらも、おれは背を向けた。
　……ま、ナイなんて冗談だけど。
　おれは振られたかわいそうな身だし？
「ちょっと意地悪言うくらい許されるだろ、なー中城」
「いいえ、だめです」
　いつものごとく、気配もなく気づいたら隣に並んでいた
男に問いかけるも、完全否定。
「紳士だねえ、元ヤンのくせに」
「それはそうと、例の案件について、本領様との打ち合わ
せの時間が迫っております」
「ああ。ちゃんと覚えてるよ」
　AMIの幹部室へと足を進める。
「雪様はすごいですね」
　仕事中は滅多に私語をしない中城が、突然そんな声を落
とした。
「すごい？」
「あんなに忌み嫌っていた本領の息子、しかも恋敵と、非
常にうまい関係を築かれていて、とてもすごいです」
　中城はおれに返答は求めていないようで、AMIの幹部室
につくなり、頭をさげて踵を返した。
「……恋敵は、お前にとってのおれだってそうだろ……」
　相手が見えなくなってようやく呟く。

　　──本領家・次男。

　　本領墨。

　　杏実がいなければ一度も交わることがなかったはずの男。

　　杏実がいなければ、こんなに深く本領墨という男のことを知ることもなかった。

　　結論から言えば、「すごい」のは本領だ。

　　本領墨はおれと、とても似ているし、とても似ていない。

　　本領墨はふたつの自分をもっている。

　　本領家・次男としての自分。

　　それから本領墨としての自分。

　　前者は、どんなむごいことも平気で考えられる人間だ。本領家の目的に応じて、場の状況に応じて、考えを自由に操ることができる、と言った方が正しい。

　　もともと根底にむごい考えが植えつけられているわけじゃなく、むごい考え方"も"できる、ということ。

　　"本領家"という宿命を背負いながら、一般社会で"普通"に生きている。

　　その器用さが身につくまでにいったいどれだけの傷を負ってきたのか、想像するだけでおぞましい。

　　本領家のためにある自分と、本領墨としての境を決して見誤らない。

　　本領墨としての自分を決して見失わない強さを持っている。

　　大事な女と──杏実といるときのあの男に、"本領家の

次男〟がちらついたことは一度も……本当に一度もないの
だ。

　天沢家・長男のおれは、むごいことを平気で考える人間
だ。

　知識としての理性があるおかげで、なんとか〝普通〟を
〝装って〟生きることができているだけ。

　そんな人間が本当の意味で誰かに愛されるわけがない。

　初めからとっくにわかっていた。

　表向きの〝僕〟はしっかり板について、もはや演じてるっ
て感覚もほとんどない。

　表や裏すら、おれには、ないんじゃないか。

　〝自分〟という輪郭すらぼやけていく恐怖の中で、「杏実
のことが好き」という事実だけが、天沢雪としての〝おれ〟
をなんとか保っているような、とても弱い人間だった。

　　　　　　　　　＊　　＊　　＊

『天沢は、はないちもんめ、やったことある？』

　本領の〝自分〟の話を聞いたのは、LunaとSolが解体さ
れた少し後のことだった。

『○○くんがほしい、ってひとりずつ呼ばれて、減っていっ
て、最終的にひとりになった方が負けっていう遊びね』

　……そういえば、幼少の頃、すこしだけ記憶があるよう
な、ないような。

『俺は、その最後のひとりにならなきゃいけない人間』

誰にも選ばれないように生きている。

それは、自分より光りを放つべき人を立てるため。その人の力を周りに知らしめるため。なくてはならない大事な役割なんだと。自分はその力をもっているんだと。

『反対に天沢は、初めに選ばれていく人間。人々に選ばれる力を持ってる。それがたとえ偽りでも計算でも』

誰にでも好かれる人間。

同義、偽りでかためられた薄っぺらい人間。

——否。

その意志ひとつで、人を動かせる力をもつ人間だと言ってくれた。

本領の言葉でそのとき、確信をもったのだ。

最悪の仲のこの男が、天沢雪という人間を形作ってくれる。

そんな力をもっている。

『俺たちが大人になったらさ。このくだんない派閥、一緒に終わらせようよ』

——最高の相棒として。

天沢家・長男の独白【完】

～番外編～　4　1回だけだよ？

「本領くん、すとっぷ、ストップ……」

　SolとLuna改め『AMI』幹部室、奥のベッドルームにて。

　じたばたするわたしを、難なく片手で押さえつけるひとりの男の子。

　名を、本領墨くんといいます。

　線の細い体の、いったいどこに、そんな力を隠し持っているというのか。

　感心している間もなく、視界がぐるん！と一転。

「おわっ！」

「ふー……、いい眺め」

　にこっと、ご満悦な表情。

　悔しいくらい今日も綺麗で、雑に押し倒されたというのに、ほうっと見惚れてしまう。……って、だめだめ。

「本領くん離れて……」

「なんで、」

「まだ昼休みだから！」

「昼休みだからいいんじゃん。他の休み時間より長いよ？」

　うっ、それはそうなんだけど……そういう問題じゃなくて。

「1週間も会えなくて気がおかしくなりそうだったのに、まだ俺にお預けさせる気……？」

「っつ……！」

　甘えた声、不安げに揺れる瞳。

「1回だけ、ね、あみちゃん」

「う、う～……」

「だめ……？　俺、あみちゃんのこといっぱい考えながら、ずっと我慢してたんだけど」

「～～～っ、いいよ？」

　ず、ずるいよ……！　本領くんのこんな姿、スーパーレアもいいところ。

　嵐のようなすさまじさに、わたしの理性は光の速さで吹き飛ばされた。

　もはや、理性ってなんだっけ。

　こんな可愛らしい姿は、幻覚にすぎないとわかっていても……。

「あはは、あみちゃんてホントちょろ～」

　許しを得た瞬間、現れるのは。

　嗚呼おそろしや、悪魔の笑み。

　ぺろりと唇を舐めてみせるしぐさも。

　嗚呼おそろしや、色気の魔神。

　今日のところは素直に流されちゃおう……。

　1週間前に突然、「用事ができたからしばらく会えないかも」って言われた。

　尋ねても「兄貴から依頼が入ったから」とかよくわからないことを返されて……1週間会えなくてわたしだって寂しかったんだもん。

「え、ええと……キス、1回だけだからね？」

「ん……いいよ」

　目の前に影が落ちた。

　……あれ、ほんとに１回で、いいんだ？　いつもはもっと「そんなんじゃ足りない」って、いっぱい——。

「……はい、終わり」

　……え？

　考えているうちに、終わり、なんて言葉が聞こえて唖然とする。

「え？　だって今、」

「うん？　ちゃんとしたよキス。１回だけ」

「え……ぁ、でも、当たってな、い……」

　ううん、嘘。たしかに当たったけど。

　ほんの一瞬かすめた程度で……。

「なあに、不満？」

　悪魔の笑みを見て確信する。

　ぜったいわざとだ……！　わたしに言わせるなんてとんだ意地悪だ。

　でも、しょーがないと思う。

　相手は本領くんだから……好きな人だから……言わなきゃしてくれないなら、言うしかないんだもん。

「もっと……ちゃんとして」

「ちゃんと？」

「キス、ちゃんとして……っ」

「あはは、必死」

　焦らされると頭がぐらぐらしてくる。

　唇、目の前にあるのに……。

　わかってるくせに、なんでしてくれないの……っ？

　我慢できなくなって、本領くんのシャツをぎゅうと握った。

「いつもみたいに深いの……してよ……」

　──ほんとに、理性ってなんだっけ。

　好きすぎて、いつもおかしくなっちゃう……。

「ごめんごめん。深いの、してほしかったね」

　ナデナデ、子ども扱い。いつものこと。

　そうされるとわたしが素直になるのを知ってるからだ。

　本領くんの指先が口元に添えられる。

　今度こそ、唇が丁寧に重なった。

「ん……っ」

　よく知った温度に安心する。

　熱と同時に広がっていくのは、ちょっと気だるげな甘い刺激。

　媚薬（びゃく）みたいにすぐに思考を鈍らせて、本領くんのことしか考えられなくさせる、わるい刺激。

「１回だけ」って自分から言った手前、唇が少し離れるたびにびくびくしたけど、本領くんはそこまで意地悪じゃなかった。

「あみちゃん、キスしながらでいーから、手こっち寄こして」

「……ぅ？」

　大きな手のひらが、わたしの指先を探し当ててぎゅっと握る。

　頭の中がじん……と痺れた。

「キスでいっぱいいっぱいなのに、ちゃあんと握り返して
くれるのほんとに可愛い。いい子だね」

「んぅ…」

　うう……ぅ、手繋いでキスするの気持ちいいよ……。

「はは、涙目になっちゃったね。こうしながらキスするの
好き？」

「……ん、すき……」

　なんでもかんでもさらけだされてしまう。

　隠しごとなんて通用しない。

　だから……。

「このまま続けたら、昼休み過ぎてもあみちゃんのこと教
室に帰せないと思うけど……もうやめた方がいい？」

　いちいち聞かなくても、本領くん、わかってるくせに。

「まだやめなくていいよ……」

「はは、いーんだ？」

「いいよ……本領くんのこと大好きだから、いいよ……」

　理性が負けた？　本能が勝った？

　とか、もうどうでもいいよ。

「あ゛──、可愛すぎて心臓ちぎれるから、やめてね、ホン
ト……」

　ただ「好き」って感情に逆らえないだけ。

「（あいしてる、あみちゃん）」

　　　　　　　　　　　　　　　　１回だけだよ？【完】

あとがき

　物語を見届けてくださりありがとうございました。

　街を支配する大財閥の息子、そして暴走族の総長という同じ肩書を持ちながらも、決して交わらない場所で生きてきた雪と墨。そんなふたりの運命を狂わせてしまう「出会い」のお話でした。

　この物語を書き始める前、ふたりのイメージを

「喧嘩は好きだけど、決して周りにそう見せないのが雪」

「喧嘩は嫌いだけど、決して苦手なわけではないのが墨」

　と自分の中で定めていました。

　周りからは正反対に見られるふたりですが、実はよく似ている部分もあったり、だけどやっぱり似ていなかったり。

　雪は、杏実がいないと生きていけないと自分では思っているけど、隣人の愛に恵まれているので、ちゃんと幸せにはなれるんですよね。

　反対に墨は、杏実がいなくても生きていけるけど、ただ生きていくことしかできないと思います。

　中城は、かなり荒んでいた時期に雪と出会っていて、その時に綺麗な人だな、と実は一目惚れしています。雪は不良な中城と過ごしていく中で自分を"天沢家の長男"から解放するための術を身につけたので、ちょっと皮肉なハナシですが、中城が「太陽みたいな雪も偽物ではない」と言っていたのは、そういった背景があったからでした。

　ちなみに敷島は、杏実のことを、美味しそうだなーと思っています（かとう＝果糖/加糖　杏＝甘い　実＝果物）。

　そんな彼らを、丁寧に、そして美しく描いてくださった桜イオン先生には本当に感謝が尽きません……！

　墨のひんやりとした美しさと、雪の憂いをはらんだ美しさ。中城の悠然たる静けさに、敷島の野性的な色っぽさ。そして杏実のまっすぐで天真爛漫な可愛さ。

　ひとりひとりの特徴を最大限に魅せてくださっていて、初めてイラストを拝見した時、感動のあまり涙が出そうでした……。

　番外編はカバーイラストをiPadに映しながら執筆したのですがそれはそれは捗って、徹夜明け締切日の早朝に、予定になかったナイトプール編書こうかな、と血迷ったほどです。

　この度はご担当いただき本当にありがとうございました。

　書籍化にあたり今回もたくさんのご尽力をいただきました。出版に携わってくださった皆様、作品を通じて出会ってくださった読者様に心からお礼を申し上げます。

　いつかまた別の作品でお会いできたら嬉しいです！

　　　　　　　　　　　　　2023年4月25日　柊乃なや

作・柊乃なや（しゅうの　なや）

熊本県在住。度胸のある男性と、黒髪＋シルバーリングの組み合わせが好き。2017年1月に『彼と私の不完全なカンケイ』で書籍化デビュー。現在はケータイ小説サイト「野いちご」にて執筆活動を続けている。

絵・桜イオン（さくら　いおん）

星と花と夕暮れが好き。ジャンプSQ.CROWNにて、『がらくた姫とつくもさん』でデビュー。既存作品は読切『銀河鉄道の街』（ジャンプSQ.RISE）、連載『ふたりの一等星』（LINEマンガ）。

ファンレターのあて先

〒104-0031

東京都中央区京橋1-3-1

八重洲口大栄ビル7F

スターツ出版（株）書籍編集部 気付

柊乃なや 先生

孤高の極悪総長さまは、彼女を愛しすぎている
【極上男子だらけの溺愛祭！】

2023年4月25日　初版第1刷発行

著　者　柊乃なや
　　　　©Naya Shuno 2023

発行人　菊地修一

デザイン　カバー　尾関莉子（ナルティス）
　　　　　フォーマット　黒門ビリー＆フラミンゴスタジオ

ＤＴＰ　朝日メディアインターナショナル株式会社

発行所　スターツ出版株式会社
　　　　〒104-0031　東京都中央区京橋1-3-1　八重洲口大栄ビル7F
　　　　出版マーケティンググループ　ＴＥＬ03-6202-0386
　　　　（ご注文等に関するお問い合わせ）
　　　　https://starts-pub.jp/
印刷所　共同印刷株式会社
Printed in Japan

ISBN 978-4-8137-1421-7　C0193